LA PETITE LÉGENDE DORÉE

Adrien Goetz est maître de conférences d'histoire de l'art à la Sorbonne. Après un premier roman remarqué, *Webcam*, dont le héros était un créateur contemporain imaginaire, il en a écrit quatre autres : *La Dormeuse de Naples* (prix des Deux-Magots et prix Roger-Nimier 2004), *Une petite légende dorée*, *À bas la nuit !* et *Intrigue à l'anglaise*. Il participe également à la rédaction de livres d'art.

DU MÊME AUTEUR

Webcam
Le Passage, 2003
et « Points », n° P1512

La Grande Galerie des peintures : musée du Louvre, musée d'Orsay,
Centre Pompidou-Musée national d'Art moderne
Éditions du Centre Pompidou, 2003, 2006

La Dormeuse de Naples
Prix des Deux-Magots
Prix Roger-Nimier
Le Passage, 2004
et « Points », n° P1290

Au Louvre : les arts face à face
photographies d'Erich Lessing
Hazan, 2005

Le Style Marie-Antoinette
Assouline, 2005

Ingres, collages
Dessins d'Ingres au musée de Montauban
Le Passage/Musée Ingres, 2005

À bas la nuit !
Grasset, 2006

L'Atelier de Cézanne
Hazan, 2006

Intrigue à l'anglaise
Grasset, 2007

Adrien Goetz

UNE PETITE LÉGENDE DORÉE

ROMAN

Éditions Le Passage

TEXTE INTÉGRAL

ISBN 978-2-02-083821-4
(ISBN 2-84742-068-1, 1re publication)

Pour Élisabeth et Cyrille

Des villes, et encore des villes ;
J'ai des souvenirs de villes
comme on a des souvenirs d'amours :
À quoi bon en parler ? Il m'arrive parfois,
La nuit, de rêver que je suis là, ou bien là,
Et au matin je m'éveille avec un désir de voyage.

Valery Larbaud,
Poésies d'Archibald O. Barnabooth

Une minute plus tard, sous ce clair de lune romain qui fait passer le frisson de la peinture sur les arbres, un étrange spectacle se présentait à la vue.

Roger Nimier, *D'Artagnan amoureux*

Chapitre 1

L'Observance

Dans la légende, toujours, quand il était embrasé du feu de l'Esprit, c'était en français, langue qu'il avait reçue de Dieu comme un don miraculeux, qu'il exprimait ses émotions brûlantes.

Jacques de Voragine,
La Légende dorée, Saint François

Pour la première fois, Carlo ne se sent pas étranger. Jamais venu en Italie, il ne ressent pas non plus ce vague sentiment de bonheur, cet éblouissement naïf, qui fait dire à tant de touristes tombés du nid qu'ils ont trouvé la patrie de leur cœur. Il en ricane en gravissant la côte. Lui se dit Italien faute de mieux. Il ne connaît rien de l'Italie. Seulement, nulle part ailleurs, autour du monde, il ne se sent chez lui. Ici, son prénom ne fera pas exotique. Quand il parlera la langue, et qu'il se présentera : « Carlo », tendant la main, on ne fera pas attention. On ne le remarquera pas.

Idéal, pour un espion. Non que quelqu'un ait jamais pu se rendre compte de ses activités secrètes, ni Marge, ni sa mère, ni ses frères. Lui-même en doute quelquefois. Ici, de plus en plus. Ni affabulateur ni espion de cinéma, il travaille avec zèle pour la C.I.A. et en tire quelque profit matériel. En plus de son métier. Sous la torture, on aurait bien pu lui faire cracher cinq ou six noms. Dans cette campagne toscane, il ne détonne pas – ce qui l'étonne. Lèvres closes, sans émettre un son, à l'intérieur de son cerveau, il fredonne l'air *Caro nome* du *Rigoletto* de Verdi dans l'interprétation d'Amelita Gallicurci en 1917 et crachote comme un vieux rouleau de cire. Ses accès d'italianisme sont rares. Ses succès vocaux encore à venir. Il regrette un peu d'en être le seul témoin. D'ordinaire, il imagine autour de lui des cercles de gens à le regarder. Avec modestie, il accepte sans discuter cette vision d'un monde concentrique autour de sa personne : si l'univers est infini, n'est-il pas naturel que chacun des points qui le composent s'imagine en être le centre ? Carlo joue au philosophe, quand il se croit seul. À Sienne, il se trouve transparent. Comme s'il avait tourné vers la paume l'anneau qu'il porte à son doigt – où il n'a peut-être pas pris la peine de dissimuler l'appareil photographique en miniature, invisible attribut de son invisible profession. Rien à espionner. Il regarde le paysage, l'Italie inconnue, prend goût à la marche à pied.

Dernière étape de son circuit secret. La banlieue qu'il traverse, sur une colline en face de Sienne, aurait pu être jolie. Aux fenêtres battent les drapeaux de toutes les *contrade*, les paroisses. À l'aide du guide, Carlo parvient à les identifier : la girafe conduite par un Maure, l'éléphant rouge portant une tour attachée à son dos, l'aigle bicéphale diadémée deux fois, le dauphin, la tortue ou l'oie. Couleurs fraîches, sur les crépis crème. Carlo fixe une des bannières, d'un jaune d'œuf éclatant rehaussé d'une pointe de rouge pur, une tache de sang fraîche sur un fond d'or. Au loin, les champs, les épis, les cyprès : rien ne le surprend de ce paysage si longtemps attendu. Il respire un air qui rappelle certaines routes du Tennessee, entre Nashville et Knoxville, une campagne où il s'était dit : « Le parfum de la Toscane doit ressembler à celui-ci. » Il avait peint quelques aquarelles, aux États-Unis, qui donnaient à ce coin d'Italie l'air d'un pays de connaissance. Hors les murs, chacune des familles venues s'exiler dans cette périphérie continue à encourager, pour le sport, son quartier d'origine, le fragment de la vieille ville qui constitue sa patrie. Le Palio, Carlo s'en moque. Cette banlieue d'expatriés, de la première ou de la seconde génération, avec leurs étendards, c'est l'Amérique de Sienne.

C'est ici qu'il aurait pu grandir si, à la mort de ses parents, son oncle Roberto avait été au bout de la procédure d'adoption. Au lieu de cela, Carlo, à six ans, avait changé de continent. Une déchirure bien cicatrisée, dont il n'avait aucun souvenir, une blessure qui, même ici, depuis la veille, ne se rouvrirait pas. Il imagine à quoi peut ressembler cette journée pour ceux qui vivent derrière les fenêtres de ce nouveau monde édifié face à l'ancien. Les conversations de la famille enfermée autour de la table d'olivier luisante, l'aïeul au bout, devant le poste, les voisins, alliés ou ennemis, invités pour suivre la course. On a préparé du jambon et des saucissons. Là-bas, de l'autre côté, en ville, les Anglais et les gens de Turin à qui l'on a vendu la vieille maison doivent se préparer à prendre place, chapeaux de paille en tête. Beaucoup d'Américains aussi – ils ne connaissent rien aux chevaux, mais apprécient la fête. Ici, à la télévision, on verra mieux qu'eux – et pour les paris, c'est pareil.

Carlo se trouve très fort : avec quelle perspicacité il a analysé la vie de ce quartier, rien qu'à partir de ce qu'il a lu dans le guide – don de seconde vue digne d'un romancier. Il se dit : si les Siennois tiennent tant au Palio, si les touristes n'y comprennent rien, ce doit être une histoire d'argent – et ces bannières dans le ciel. Carlo aime l'équitation, depuis ses années de Yale : le sport qu'il avait choisi à l'université. À bien voir, il n'apprécie pas les couleurs de ces étendards ; on se rend compte au soleil que c'est du nylon. Leurs ombres balayent la route, projetant des reflets de fond d'aquarium. Les Siennois doivent aimer le *denaro*. Ils se sont pourtant fait flouer, puisqu'ils vivent ici, du mauvais côté, et que leurs paris sur le cheval vainqueur, c'est le but médiocre de toute l'année. S'il parlait à voix haute, ils le massacreraient sur place, immolé en ce jour de fête. Ainsi, serait-il, jusqu'au dernier instant, des leurs. Carlo veut s'occuper l'esprit pour ne pas se troubler au moment décisif, pour ne sentir ni impatience ni nervosité, pour ne pas avoir peur. Pour continuer à entendre les musiques de son choix, à volonté, dans son auditorium intérieur, la chambre secrète, le tabernacle, le naos de sa boîte crânienne.

Ce quartier, c'est le mauvais profil de Sienne, les habitants sans la ville, entassés en face d'elle à la contempler et à se reconnaître encore dans son miroir – miroir pour touristes, tristes alouettes envoyées du monde entier. Une Italie sans monuments, avec seulement les Italiens, leurs jeux et leurs bagarres, leurs petites nullités affrontées. Lui aussi jusqu'à aujourd'hui a été un Italien sans Italie. Elle ne lui a pas manqué. Nul sentiment de rentrer à la maison ; pas plus qu'il n'avait pensé jusqu'alors être en exil où que ce fût. Il a quand même été surpris.

Tout s'est passé comme prévu. Le vol de J.F.K. à Galileo Galilei – l'accélération de l'appareil, au décollage, parallèle à celle de sa vie – le train pour Lugano, le petit détour ensuite par l'Europe centrale – ses rencontres : le baron balte, le faussaire de Budapest et Irène, dont le souvenir le brûle, c'est beaucoup – puis, à nouveau, le train pour Sienne. Circuit mis au point avec soin. À Sienne, il a voulu tous les petits plaisirs de l'Italie. Il s'est installé sur la place, devant un *caffé macchiato*, une orange pressée sous ses yeux, *una spremuta* et un « croissant », en français, plein de crème pâtissière ; il a pris son temps. Il est passé à la Pinacothèque, mais n'est pas allé plus loin que la première salle : il s'est arrêté devant une peinture intitulée *La Madone aux gros yeux*. Il s'est senti bien. L'amour de l'art peut-il changer votre vie ? S'il avait voulu expliquer cela à n'importe lequel de ses collègues, il se serait fait rire au nez. Il élude la question.

Dans la plus belle papeterie de la ville, il a acheté un carnet haut comme une tour, parce qu'il aimait l'odeur du papier. Il s'est offert un nouveau stylo, pour fêter sa nouvelle vie, un de ces stylos italiens à section triangulaire, profilé comme une voiture de course, un « Omas », les plus beaux stylos du monde. Il est entré à nouveau dans le musée, pour inaugurer sa plume. Ses amis de Washington le prendraient pour un fou. Depuis son adolescence, à chaque grand moment de sa vie, il avait acheté un stylo. Celui-là était une splendeur, un talisman sculpté dans une résine bleu gris. Carlo avait toujours voulu posséder un Omas. Puis, il est allé acheter des disques d'opéra, des introuvables du festival Rossini de Pesaro et des enregistrements pirates du festival Puccini de Torre del Lago.

L'Italie est un pays enchanté, n'en parlons plus. Ce n'est pas pour cela qu'il est venu. Ce matin, il a dédaigné la route qui monte vers les portes de la cité pour prendre le chemin inverse, derrière la gare. Il imaginait, au bout d'une rue de traverse, la campagne. C'est ce que semblait indiquer le plan à la Bibliothèque du Congrès. Il devine, derrière les lotissements, cette Toscane avec ses cyprès et ses myrtes plantés par des générations d'Anglais ou d'Américains pour que la nature, qui depuis toujours imite l'art, ressemble à l'arrière-plan des tableaux de leurs collections. Les propriétaires, parfois des Hollandais, ou des Français, viennent dans ces fermes à louer avec leurs amis pour les vacances. Il se contente d'observer de loin. Ici, il sait ce qu'il doit faire. L'angoisse, d'un coup, lui serre la gorge.

Le soleil frappe. Il croit entendre tourner les chevaux, leurs sabots sur la terre battue, terre de Sienne séchée, fragile, qui cède sous leurs pas comme du biscuit qu'on émiette. Le goût du *Panforte*. Il entend les cris, la parade en costumes, l'énervement parce que la course tarde à commencer, les évanouissements, tous ces spectateurs parqués sur la place. La simple description du guide était époumonante à lire. Ces chevaux affublés de faux harnachements médiévaux, cette manie répugnante d'en faire des bêtes de cirque. Carlo se sent soulagé d'être seul. Un effet secondaire de son escapade, de sa fugue, il ne sait trop comment dire. À Washington, il fallait toujours se flanquer, disait Marge, dans « un de ces cinq cents amis intimes sans lesquels la vie ne vaudrait pas la peine d'être vécue ». La vie, à fuir.

Il voulait la campagne ? Répondant à ses vœux, la route devient alors plus sinueuse et semble s'incliner un peu – mon Dieu, quelle fugue convenue, la fin de semaine en Toscane du fonctionnaire international surmené. Qui croira cela ? La nécessité qui le presse vaut tous les prétextes.

Séance tenante, il avait dû partir. Il devait venir ici, faute de pouvoir continuer à vivre ailleurs. Sa vie avait été traversée par un grand éclair. Impossible d'en parler. Même à lui-même. C'était tellement inattendu. Presque ridicule. Expliquer pourquoi il avait besoin de venir à Sienne. Comme s'il avait reçu des instructions précises. Pour une mission tellement secrète qu'il ne devait même pas y penser. Exécuter, dans l'ordre, certaines actions programmées d'avance. L'avenir du monde se jouait là et il en était un rouage parmi d'autres, essentiel. Comment expliquer cela à Marge ? En six jours, Carlo venait de se rider, de prendre des coups et des cicatrices. Il n'avait jamais été dévoré, marqué, blessé ; il avait pleuré comme un enfant.

Il sourit, ne chante plus, ne pense pas. Il voit, lui qui aime tant regarder et qui, si souvent, depuis des mois avait cru la découvrir en rêve, la petite église de l'Observance, à l'extrémité, sur la droite, autrement somptueuse que sur la malheureuse photographie en noir et blanc qu'il en avait trouvée. C'est pour elle qu'il vient. Il s'apaise.

Il la distingue, devant un panorama qui embrasse la ville. Faite à peindre. Carlo se dit alors qu'il n'entrera pas dans Sienne, comme hier, qu'il se contentera de considérer la cité comme un décor, le fond sur lequel se détache la petite église de l'Observance. C'est assez beau comme cela. Une toile de théâtre. Il hésite même à franchir les quelques mètres qui restent encore. Sur le rebord de la colline, il évite de voir derrière lui les barres des maisons de banlieue, devant lui les ombres des palais de la cité. Il flotte entre-deux, nulle part, dans un pays à la lisière. À la fin d'un monde. Dans une Europe qui tremble.

*

Il veut s'asseoir sur le talus. Laisser finir la matinée, passer l'après-midi, attendre que le soir tombe – les lumières de Sienne en fête s'ajouteront aux étoiles, on prendra la masse de la ville, ses feux de joie et ses lampions, pour une frange de la nuit – et les constellations deviendront illisibles, brouillées par toutes ces autres petites lumières. Carlo se reprend, se traite à mi-voix de touriste, ferme les poings. Murmure : « Pourvu que l'église ne soit pas fermée à cause du Palio. Ces pauvres chevaux que l'on fait tourner comme des fous au milieu des vociférations. Si le sacristain est allé voir la course, je serai venu pour rien. Mon rendez-vous manqué. Un voyageur à une porte close. » Il avance.

Une église trop neuve. Il commence à établir mentalement la liste de tout ce qui le déçoit. Il sort son nouveau stylo et son carnet de sa poche. Ça ne va pas. On a trop reconstruit après la guerre. Un décor en toc, pas encore patiné. Les Franciscains font visiter une fausse cellule de saint Bernardin. Tout est trop grand, trop beau. Ils ont dû payer une taxe à la chancellerie du Vatican pour pouvoir intituler basilique leur église de campagne, et l'inscrire fièrement sur les panneaux jaunes de l'itinéraire touristique : *Basilica dell'Osservanza*. Les pères franciscains, ici comme aux États-Unis, quoi qu'il leur en coûte, sont plutôt riches.

Carlo, pas spécialement catholique, ni très religieux, se méfiait des Franciscains. Un ami newyorkais – doté d'une sœur dominicaine dans un couvent de l'Arkansas – lui avait écrit, pendant un voyage de noces à Venise, que les Franciscains faisaient même payer pour entrer dans leurs églises. Un jour, pour les punir, le bon Dieu fera s'écrouler la basilique d'Assise. Amusé, Carlo s'était un peu intéressé, avait lu des livres sur la question pour en déduire que les Franciscains actuels trahissent le message de saint François. Et cette idée de faire un voyage de noces à Venise. Puis, il n'y avait plus pensé, n'avait jamais fait le rapprochement avec l'Observance, où il désirait tant aller, dont à l'époque il ignorait tout. Les Franciscains n'allaient pas la lui gâcher. Il n'avait même pas pensé qu'il y avait encore des moines. Il avait imaginé l'endroit un peu à l'image du musée des Cloisters, ces cloîtres coupés en morceaux et luxueusement installés par Rockefeller en guise de château arrière de Manhattan. Site magnifique, qui met en valeur ces pierres d'Europe que les Européens avaient laissées à l'abandon. S'il avait su par cœur une des prières de saint François d'Assise, il l'aurait récitée en expiation, les oiseaux eussent répondu – afin que Dieu inspire aux petits frères mendiants de ne plus réclamer sans cesse de l'argent. Leur basilique de l'Observance, on aurait dit un pauvre qui viendrait d'échanger ses vêtements avec un riche.

D'un coup, Carlo cesse de se plaindre, de penser à l'argent, aux moines indignes, aux vieux Italiens qui s'envoient des injures parce que le cheval de leur quartier a gagné la course moins de fois que celui de l'adversaire. Il a joué à s'en agacer, au fond il s'en moque. Même toute cette beauté de la route, des arbres, des collines, il joue en disant qu'il y est sensible. Il ose s'avouer sa totale indifférence à ce qu'il vient de se dire, aux discours qu'il s'est tenus pour meubler le trajet. Indifférent même aux vocalises que la Gallicurci déploie dans sa tête. Une fraction de minute, il pense à Marge. Il s'abstrait de ce qui l'entoure. Les murs de l'église montent en petites briques ; les étages supérieurs d'un building new-yorkais du temps de la prohibition auraient pu avoir servi ici de matériau de réemploi. Carlo sourit : la revanche des Européens pour les Cloisters ? Le démontage d'un gratte-ciel pour le reconstruire en Toscane, dans un style Renaissance flambant neuf.

Le vent fait voler la poussière vers lui. Il tient ses yeux mi-clos. Tentation de ne pas revenir – ne plus voir Washington, ne plus entendre parler du Département d'État, ne plus voir Marge, oublier Irène. Oublier l'avenir du monde. Deux femmes à sa poursuite, c'est beaucoup pour un homme discret et cela ne le flatte pas tant que ça. Est-il même vrai qu'elles le poursuivent, risquant comme au vaudeville de surgir, à tout instant, l'une ou l'autre, ou mieux, ensemble ? Il est tenté, une seconde plus tard, de ne pas aller voir l'Observance. Comme à la fin d'un livre de mille pages, on hésite avant d'attaquer le dernier chapitre. Dix ans auparavant, au Portugal, dans un village de pêcheurs de l'Algarve nommé Casella Velha, Carlo, tout jeune, avait eu la même idée : y passer quelques jours et, peut-être, le reste de sa vie. Là-bas, une église blanche à porte verte, une maison aux volets verts, s'ouvraient en face de la mer. C'était l'âge où il se laissait encore aller aux moments de bonheur. Abandonner l'endroit où il allait, comme il voulait quitter le monde d'où il venait. Finir n'importe où ensuite. Puis il s'était persuadé que c'était une idée qu'il n'avait pas vraiment, qu'il n'avait formulée que pour le plaisir. Mais quel plaisir éprouvait-il à se montrer qu'il n'était heureux nulle part ?

Il sait pourquoi il se trouve au seuil de cette église – que ce n'est ni pour saint François, son loup et ses petits oiseaux, ni pour saint Bernardin qui dessina ici le monogramme du Christ et mérita son titre de patron des publicitaires, ni pour Sienne où il est arrivé par hasard la veille d'une des deux grandes machines annuelles, ni pour le Bon Dieu, ni pour faire du tourisme, ni par amour des pierres au soleil, ni pour peindre ses sentiments à l'aquarelle, ni pour se livrer à l'une des activités caractéristiques de l'espion : destruction de preuve, transfert de document, photographies, contact.

Il entre. Il sait ce qu'il doit faire aussi précisément que pour une mission habituelle. Là aussi, tout a été répété. Chacun de ces gestes, il l'a fait, en pensée, durant ce voyage en Europe. Il veut voir le tableau. Il veut comprendre pourquoi toute sa vie, aujourd'hui, dépend des moments qu'il va passer devant cette œuvre si lointaine, si ancienne. Il entend les rires des amis. Comment l'amour de l'art peut changer votre vie. Comment ?

Il attend le dernier acte d'une opération magique, une transmutation alchimique, il attend que de la poussière d'or, tombée du tableau, lui remplisse les yeux.

Il hésite pourtant. Au seuil de la mort, on doit aussi vouloir se donner le luxe de vaciller un peu, essayer de retenir son souffle, ne pas penser à l'éternité, attendre encore. Le guide qu'il a fait photocopier à la bibliothèque de Washington fournit le plan de l'église. Il pousse la porte, fait un pas dans la nef froide et noire. Il voit : il a été entraîné à s'habituer presque instantanément à l'obscurité. Les chapelles de droite. Il tourne à la troisième. Nous y voici.

Chapitre 2

Les Dioscures à Washington D. C.

Enseignez-moi donc ces maléfices dont vous faites usage, et au nom du Dieu d'Adrien, je vous suivrai.

Jacques de Voragine,
Saint Côme et saint Damien

Carlo, né en France, de mère italienne, ce qui explique son prénom, élevé par une autre famille, après son adoption aux États-Unis, dans les meilleures écoles, ce qui justifie sa manière de visiter l'Italie, habitait Washington D. C., ce qui permettra de comprendre le début de son aventure à Sienne ; et pourquoi, un instant, sous le soleil, il avait un peu hésité à franchir le seuil de la basilique de l'Observance. Qui racontera le voyage en Europe d'un obscur espion, au rôle mineur, amateur de vieux enregistrements d'opéra et collectionneur de stylos, durant ces sept jours qui ébranlèrent le monde ?

À Washington, un an auparavant, il avait connu semblable tressaillement devant les portes de verre de la National Gallery – le même soleil, avec cette démarche un moment chancelante ; il était entré tête baissée.

Carlo, fonctionnaire international, diplomate immobile qui représentait son pays dans sa capitale même, n'allait pas dans les musées. Pas marié, pas encore, il vivait avec Marge, qui elle non plus n'aimait guère ces savants hypogées. Marge réussissait tout ce qu'elle entreprenait. C'était d'ailleurs elle qui avait entrepris Carlo. Ils ne se voyaient pas tellement, ce qui ne les empêchait pas de considérer qu'ils vivaient ensemble. Chacun possédait ses petits parcours, sa maison, lui deux automobiles, elle trois, car elle avait des parents « à la campagne » et allait leur rendre visite dans une sorte de Jeep, joyau de son écurie, qu'elle se gardait bien de laver – elle promenait sa boue à travers le District de Columbia avec ce snobisme paysan qui ne cesse de vous coller aux semelles, même quand on est fonctionnaire international et que l'on vit à Washington dans le quartier de Dupont Circle avec un Français naturalisé Américain qui s'appelle Carlo. Marge n'avait rien d'une snob, même si ses parents habitaient la campagne. Carlo l'avait aimée quand il l'avait entendue rire.

Son appartement ne la peignait pas : ni mondaine – piles d'annuaires de clubs et d'anciens élèves, cinq carnets d'adresses –, ni intellectuelle – deux bibliothèques pleines de gros livres –, ni attirée par l'art – immense tableau signé Gossec au-dessus du lit, cadeau d'un oncle milliardaire –, ni franchement bête – plants de marijuana dans sa penderie –, ni sportive – raquette de tennis usée jusqu'à la corde –, ni au régime – absence de cuisine, juste un réchaud pour le thé –, ni paresseuse – vue splendide sur le Potomac –, ni heureuse, ni épanouie.

Pourquoi Carlo était-il entré dans la National Gallery ? Il passait devant tous les jours. De là à franchir le seuil. On l'avait assuré que c'était magnifique, gratuit, que tout valait une fortune, que certaines pièces dataient de la plus haute antiquité. Autant de raisons pour n'y pas mettre les pieds. Si l'on commence comme cela, pourquoi pas le musée de l'Espace, un peu plus loin sur le Mall, et faire la queue pour toucher du doigt la pierre prise sur la lune, vénérable relique moderne de l'orgueil national. Carlo se méfiait de ce caillou tombé du ciel. Autant que de ce temple qui prétendait à coup de *planetarium* et d'*Apollo* résumer l'ensemble du cosmos, la glorieuse légende dorée des États-Unis. Il se contentait de contourner le Mall, grande pelouse si verte encadrée de bâtiments si blancs. Beau et net comme un stade flambant neuf. Jamais, vraiment, il ne serait entré dans ces musées, pas même dans le Hirshhorn dont la façade est si belle, il ne se serait pas commis avec tout ce patriotisme, ces touristes de Pennsylvanie qu'il voyait passer avenue de Pennsylvanie. Car il était américain : ne travaillait-il pas à Washington pour le gouvernement fédéral, ne vivait-il pas avec Marge, « la fille la plus américaine d'Amérique » ? C'était Dylan, un ami d'université devenu pilote de chasse, qui l'appelait comme ça.

Par une des fenêtres de son bureau – car malgré son jeune âge, son talent lui avait valu un bureau à deux fenêtres – il voyait un coin du Mall, regardait les touristes, au loin. La coupole de fonte du Capitole ne lui rappelait pas le dôme des Invalides. Carlo, en effet, n'avait jamais vécu à Paris. Il y avait emmené Marge, pour un week-end, mais ils n'avaient vu ni la tour Eiffel, ni le Louvre, ni même les impressionnistes du musée d'Orsay. Et pourquoi pas aller chez les quelques cousins au dernier degré qui lui restaient, ou faire les puces de Saint-Ouen ? Ils étaient allés au vernissage d'un ami guatémaltèque qui exposait des gravures, dans une galerie du Marais. Ils n'aimaient pas spécialement les gravures, mais quitte à s'ennuyer, autant faire plaisir à quelqu'un.

Le monde, qui ne devait pas tarder à connaître de grands séismes, était si calme. « Fonctionnaire international » ne voulait pas dire grand-chose pour eux – si ce n'est des horaires fixes, qui n'étaient pas les mêmes, des centaines d'amis en commun, et peu d'autres choses fixes, moins encore qui leur fussent communes. Pas beaucoup à voir ainsi l'un avec l'autre, peu de moments pour se voir, mais toujours beaucoup à se dire. Ils se plaisaient. Carlo et Marge ne se posaient pas de questions. Ils n'en posaient pas plus à autrui, et personne ne leur demandait rien. Indifférents aux défauts de l'autre, qu'ils n'avaient pas le temps de subir, ils se devinaient à demi-mot. Carlo ne discernait pas chez Marge ce qui l'eût agacé chez tout autre. Mais il prévenait ses désirs, ses demandes. Depuis dix ans à peu près, ils ressemblaient au monde dont ils avaient, pour une parcelle, la gérance diplomatique : ils avaient la paix.

Même s'ils n'y allaient jamais, s'ils l'évitaient presque, ils aimaient la pelouse du Mall, grande serviette de *picnic* à la taille des États-Unis d'Amérique, et ses maisons autour comme la place d'un village de géants. Ils s'amusaient à regarder les photographies aériennes de Washington – comment les prend-on, et quand ? Aucun avion n'est autorisé à survoler Washington, grâce à Dieu – et à retrouver le Mall, le reconnaître : dans ce rectangle vert où serpentaient les Japonais, les groupes de vacances du Queensland et les clubs de troisième âge de Cormeilles-en-Parisis, ils reconnaissaient, malgré tout, un peu du centre de leurs vies, un peu d'eux-mêmes. Leur curiosité n'était guère plus forte.

Parfois, Marge parlait de la National Gallery, quand elle lisait dans un magazine quelque chose sur les impressionnistes ou Matisse, quand on lui offrait un livre d'art. Elle avait installé dans sa chambre un lutrin en plexiglas noir – Carlo se postait derrière et improvisait des oraisons funèbres qui tiraient des larmes – destiné à placer ces livres si lourds, ouverts à une page dont elle voulait s'imprégner pour « se former l'œil » : une gymnastique de plus – *La Grenouillère*, *La Blouse roumaine*, *Le Baiser* de Klimt et autres. En fait, une fois le livre ouvert, elle ne le regardait plus, il prenait la poussière et la femme de ménage le rangeait.

Elle savait aussi très bien parler de peinture en posant sa tasse de café sur la jaquette de la merveille fraîchement offerte. Elle se déshabillait entièrement et prenait la pose de l'Odalisque d'Ingres. Enfoncée un peu dans le canapé, elle fronçait les sourcils. Elle regardait avec fixité. Marge ressemblait alors, pensait Carlo, à une magicienne – son index décrivait dans l'espace des formes qui se rapprochaient, disait-il, en jouant les savants, des hiéroglyphes de Tell el-Amarna ou des idéogrammes du linéaire crétois. D'autres fois, les pierres suspendues à son cou s'entrechoquaient, sa robe noire devenait le manteau d'une prêtresse inca. Car ils s'intéressaient aux « autres cultures ». À « l'Orient », dans son ensemble, où ils désiraient aller. Là non plus, pas vraiment par snobisme, parce qu'il fallait bien pouvoir parler avec les collègues diplomates qui rentraient de Hong Kong ou des Philippines. Ni Marge, ni Carlo n'étaient cultivés, au sens où naguère en Europe on employait ce mot. Ils faisaient ce qu'ils pouvaient, c'était un peu du bricolage, des restes accommodés quand on a tout oublié : par instinct, ils avaient cherché dans l'étude de ces régions, qu'ignorent bon nombre de gens instruits, une culture qui les mît un peu en valeur, qui les distinguât. Sur les autres terrains, la Révolution française ou la Révolution américaine, la guerre de Sécession, le Mexique de Juárez, les villes italiennes, la tapisserie de Bayeux, le base-ball, les sports en général, ils étaient battus d'avance. Sur l'impressionnisme, Klimt ou Matisse lui-même, sujets faciles sur lesquels ils avaient une bibliothèque qui pesait un bon poids, ils ne sauraient jamais rien – ou plutôt : il y en aurait toujours qui en sauraient plus. Alors, à quoi bon s'échiner ? Tandis que les cultures chinoises... Déjà dans la succession des dynasties, bien des amis s'embrouillaient tout de suite. Ce n'était pourtant pas sorcier.

Marge, très blonde, quand elle traçait avec l'index ces grands signes sacerdotaux au-dessus de son canapé, plongeait Carlo dans un ravissement qui ne pouvait manquer d'éblouir leurs invités de ces soirs-là. Elle riait aux éclats. On les enviait : elle, si parfaitement belle, lui si clair et brillant. Rien ne leur échappait – et cela n'échappait à personne.

Marge lisait peu. Carlo, au contraire, s'était constitué une bibliothèque, à côté de celle consacrée aux chinoiseries. Il griffonnait des annotations illisibles dans les marges de livres illisibles, pour montrer qu'il les avait lus.

C'étaient le plus souvent des romans dans des langues réputées difficiles – romans russes – des livres de philosophie, des traités de sagesse antique, des classiques latins, le *Tractatus* de Wittgenstein, *Le Gouverneur de Kerguelen* de Valery Larbaud. Sa bibliothèque surprenait. Carlo disposait ses volumes un peu partout chez lui, comme des bibelots. Sur certaines pages de garde, il marquait son nom en français. Aucun des deux n'avait la télévision, ni de répondeur pour le téléphone, ce que l'on commentait dans leur entourage. L'époque des mobiles n'en était encore qu'à ses balbutiements. Cette difficulté à communiquer faisait toute la magie des années quatre-vingt.

Pour que Carlo ait trouvé le temps d'entrer dans la National Gallery, il avait donc fallu une extraordinaire succession de coïncidences, ou que le destin en personne s'incarnât pour l'y obliger. On aura deviné peut-être qu'il y avait fallu, aussi, ses secrètes activités. Un espion doit agir seul.

*

Marge était partie à la campagne, c'est-à-dire au bord de la mer. Ses parents habitaient Newport, une vaste maison de bois maquillée en blanc, qu'il fallait faire repeindre chaque année – jusqu'aux larges planches du parquet –, où elle avait passé les dimanches de son enfance. Même depuis qu'elle n'habitait plus New York, elle prenait sa Jeep presque tous les samedis et s'engageait sur la « route de la poste », la route « numéro un », la première du pays. Elle y pensait toujours quand elle allait à pleine vitesse sur cette voie toute droite et c'était là son seul contact, hormis la succession des dynasties chinoises, avec ce qu'il est convenu de nommer l'Histoire.

La première route d'Amérique, les premiers pèlerins du Mayflower (l'association à laquelle appartenait la famille de son père), les treize colonies, les combattants de l'Indépendance (l'association à laquelle appartenait la famille de sa mère), la Liberté (elle haussait un peu le son de sa radio, mettait ses lunettes de soleil quand elle passait sur le Washington Bridge). Son père était impatient de la voir, sa mère qui adorait Carlo regrettait qu'il ne soit pas venu. Carlo imaginait ses gestes, ses pensées, tandis qu'il se dirigeait, déguisé en visiteur tranquille, vers le grand escalier de marbre de la National Gallery. Il fredonnait un air du *Macbeth* de Verdi.

Pour la première fois de sa vie, Carlo se trouvait à pied, sur le Mall, miette sur la nappe verte, touriste paisible parmi d'autres. Il se sentit italien. Il se rendit compte de tout ce que ces bâtiments avaient de majestueux. Comme il conservait un mauvais esprit conventionnel – histoire de montrer qu'il était français à ses amis américains, de les rassurer sur son identité et d'avoir la paix sur ce chapitre aussi –, il ne put s'empêcher de penser qu'une telle ville, c'était ce que serait devenu Berlin si les nazis avaient gagné la guerre. Mais il réprima aussitôt cette idée, car il se sentait devenu américain. Non, c'était un comble d'avoir l'air de se dire que Washington pût ressembler à une ville hitlérienne. On y respirait. L'air circule dans cette architecture autour de l'aiguille de pierre du Washington Memorial – Carlo l'avait toujours imaginée creuse, capable de contenir le butin d'un Arsène Lupin opérant à l'échelle du pays. Et puis, les cerisiers, c'est bien connu, fleurissent aux rives du Potomac.

Il s'efforça de ne pas regarder l'immense affiche

qui promettait une rétrospective consacrée à « Matisse et les plantes vertes » pour la semaine suivante, les oreilles lui tintaient déjà. La veille, un de leurs amis avait fêté son anniversaire dans un club à la mode : ils avaient eu droit à une chorale de nains, un combat de gladiatrices, pour finir la soirée à barboter en smoking dans la piscine remplie de confiture verte à la menthe. Carlo se demandait qui cela pouvait amuser à part le gars du pressing. Il accéléra l'allure. En tête cette fois, *La Force du destin*, morceau de bravoure de son répertoire secret, dirigé par Kurt Warum en 1956. Dans la Gallery, il n'alla pas bien loin, monta quatre à quatre l'escalier qui tourne, admira deux par deux les colonnes de porphyre du vestibule, se mit en demeure d'inventorier les tableaux un à un. Il avait le temps, dix minutes d'avance. Autant commencer par le début, avec en tête le plan qu'on lui avait fourni dans le dossier. Il regardait machinalement. Napoléon passant en revue.

Des icônes, des fonds d'or, des madones grognardes à n'en pas finir, pas vraiment des icônes en fait, car sur certaines on voyait de petites scènes avec des personnages, plus de mouvement que sur une icône, des « primitifs italiens », ou ce genre-là. S'il fallait voir encore cinq ou six salles de cette veine, autant prendre son mal en patience. Les petits personnages, coincés entre le Moyen Âge et la Renaissance, faisaient des gestes expressifs, se lançaient des regards qui parlent. Carlo ne comprenait rien à ce théâtre de marionnettes, toutes ces légendes dont on a perdu les clefs. Mais il regardait. Pour le décor, on n'avait pas lésiné sur le marbre. C'était bien le moins : la collection privée des États-Unis, rien de trop beau. La propriété de chaque citoyen de l'Union. Il regarda sa montre et pensa : « Pourquoi suis-je en avance ? Encore cinq minutes à tuer. » Et il promena, une seconde, sur la *Vierge à l'œillet* de Giotto, le regard d'assassin qui lui semblait de circonstance. Elle ne trembla pas.

Il s'arrêta devant un panneau peint. Pas de cadre. Une baguette de bois et un verre. Pas de reflet. Petites dimensions. Cela représentait un homme sur un lit dans une maison qui avait l'air d'une boîte à chaussures, avec deux autres qui lui soulevaient une jambe. L'homme était blanc, malade. La jambe noire. Peut-être les deux hommes lui portaient-ils secours. Il y avait aussi un bouquet dans une vasque de terre, une estrade, une porte, et les murs passés à la chaux. La chambre était petite, presque entièrement remplie par le lit. Sur celui-ci, la couverture ressemblait aux plaids écossais que l'on met à l'arrière des voitures. Le vernis, par endroits, composait un minuscule réseau d'écailles. Les yeux de Carlo se perdaient dans les couleurs, les hachures des joues roses qui laissaient apparaître, entre les lignes, une légère teinte verte qui, à un pas de distance, était imperceptible. Carlo sourit. Dieu sait pourquoi, il y regarda à deux fois. « Jamais deux sans trois » – une des expressions françaises qu'utilisait Marge : il sembla n'en plus pouvoir bouger. Le cosmos lui parut tenir tout entier dans ces couleurs si douces.

Ce tableau lui rappelait des images qu'il voyait enfant avec ceux qu'il appelait ses « premiers parents » – la période de sa vie que nul, parmi ceux qu'il fréquentait alors, ne connaissait. Une époque dont il n'y avait aucun survivant. Quand il était petit, en France, quand il ne savait pas qu'un jour il partirait, qu'il ne voudrait plus revenir, qu'il abandonnerait tout et parlerait une autre langue.

Enfant, il s'allongeait par terre pour grouper les étoiles. C'était un peu cela : comme si ce tableau lui eût parlé français. Il y pensa, du premier coup, en français. Une langue que ne comprenaient ni Marge – à une dizaine de citations près –, ni certainement cette femme avec laquelle on lui avait donné rendez-vous ici, ni ses collègues de Washington. Preuve qu'il rattachait cette peinture à ce cercle si reculé de son esprit – Carlo divisait en cercles –, à ce domaine, ce temps définitivement écoulé. Jamais Carlo ne pensait en français pour des choses nouvelles, mais toujours pour des souvenirs, quand il revoyait ses vrais parents, leur ville, le moment du départ. Les souvenirs, d'habitude, il évitait.

Ce tableau à ses yeux n'était rien. Ni sa jeunesse, ni telle ou telle maison, aucune particulière image d'autrefois, ni le bord de la mer qu'il aimait, même à Newport, ni ses chères randonnées dans les Appalaches, ni sa bande d'amis, cette jeunesse dorée du temps de Yale. Il ne lui rappelait pas Marge. Dans cette peinture, il n'y avait pour lui ni nostalgie, ni sentiment, ni rêve – ni la mort, ni la vie, ni son passé, ni l'avenir. Il la regardait avec fixité. Il ne savait même pas ce que cela représentait, combien cela avait coûté, comment c'était arrivé ici. Cela ne l'intéressait pas. Cette peinture ne le rattachait à rien de connu. Une terre nouvelle. Île ou continent ?

Puisque c'était en français, il n'en parlerait pas à Marge. D'une manière ou d'une autre, il aurait fallu lui traduire, exprimer ce qu'il avait senti devant cette toile – toile ? non, tableau ? pan de bois ? pan de mur ? panneau ? – avec des mots qui n'iraient pas. Un « panneau », un piège oui. En face de cette « peinture », le français convenait, s'imposait. Son enfance n'était pas véritablement un jardin secret. Ou alors si secret qu'il ne voyait pas bien lui-même de raison d'y pénétrer. Jardin désert, peu conçu pour la promenade, vaste comme un parc, avec une foule de badauds qui se pressaient aux grilles. Il y entrait peu, sans plaisir, sachant trop bien quelles zones de marécages invisibles il contenait. Carlo ne se sentait pas nostalgique de ses années françaises. Moins en tout cas que de ses années de Yale quand il se passionnait surtout pour les chevaux de l'écurie. Et puis, avec qui en parler ? Pour Yale, c'était un bon sujet de conversation avec les camarades de l'université, nombreux à Washington. Quel intérêt ? Monologuer ?

Ce tableau lui plaisait comme si on lui eût offert, par surprise, un souvenir d'enfance de plus : morceau de sa jeunesse qu'il n'aurait pas encore vécu, qui dormait là, dans ce musée, sans qu'il ait jamais soupçonné qu'il ait pu l'y attendre. Un fragment d'une autre adolescence : si ses parents n'étaient pas morts et s'il avait grandi avec eux. Un souvenir qui, pour une fois, ne lui eût pas fait mal. Il se sentit bien. Au bon endroit, au bon moment.

Seul, parlant sa langue maternelle, pour lui-même, il regarda.

*

Il pensait à Marge, à force de s'être dit que ce qu'il était en train de voir ne la concernait pas. Il crut avoir senti son parfum. Il changea de disque : comme souvent, il passait de Verdi à Rossini et il entonna, dans la belle salle à l'italienne aménagée à l'intérieur de sa boîte crânienne, l'ouverture de *La Donna del Lago*. Carlo n'aimait pas Newport. Même en France, on avait dû entendre parler de la station. Dans ces années, cela disait quelque chose à tout le monde parce que c'est dans ce coin que les Kennedy ont leur maison. On avait vu, sur toutes les télévisions du monde, la vieille madame Rose Kennedy faire les honneurs de son intérieur et montrer les photos sur son piano. Était-ce à Newport ou dans la maison de famille des Kennedy à Hyannis Port ? Carlo confondait un peu, comme un Anglais qui ne saurait plus très bien si le hall moquetté en tartan se trouve à Windsor ou à Balmoral. Tout le monde savait, même dans les coins les plus perdus du Middle West, que Newport comptait, face à la mer, d'autres villas où d'autres familles, peut-être devenues moins illustres, mais tout aussi anciennes et influentes, collectionnaient sur des pianos et des cheminées, dans des cadres en argent, des photos d'équipes de hockey, de distributions de prix, et de chevaux qui gagnaient des concours. Les familles plus modestes collectionnaient les mêmes photos, moins celles de chevaux, mais fixées sur la porte du réfrigérateur par de petits objets magnétiques. Marge avait emmené Carlo au vernissage d'un peintre qui reproduisait à l'aquarelle ces *Portes de réfrigérateurs* dans un style hyperréaliste. Il montrait huit cents laraires de cette sorte, et elle en avait acheté un.

Les parents de Marge ne possédaient pas une villa immense, comme celle des parents adoptifs de Carlo qui était à tout casser. La villa ne donnait pas directement sur la falaise, ce qui était déjà plus grave mais n'empêchait pas les promenades en bateau, le port des espadrilles, des pull-overs de coton, ni de se servir un verre de vieux Lagavulin en rentrant.

Rien de cette vie de Newport n'avait l'air de peser. C'était une famille où l'on aimait rire, ce dont Carlo n'avait pas l'habitude. Leur joie était dépaysante. Marge aimait se promener le long du rivage, sur le sentier qui borde les pelouses. Dans son esprit, petite fille riche, elle faisait la collection des maisons. Elles avaient toutes des formes si différentes, depuis les palais Renaissance de la famille Vanderbilt, les Grands Trianons – mieux que l'original, car avec la plage à côté – ou les manoirs écossais, les villas mauresques, les bunkers chics et les maisons-bulles.

Elle se souvenait d'avoir vu un soir, il était tard, c'était sous la lune rousse, comme dans les contes qu'elle lisait à cet âge, au milieu d'une immense prairie qui servait de jardin à une immense maison, deux dromadaires se promener. Un homme avait sifflé et des chiens qui ressemblaient à des chiens de troupeau avaient fait rentrer les animaux. Ils étaient venus sagement prendre place dans un salon illuminé qu'on voyait au centre du bâtiment. Un lustre de cristal éclairait leur pelage. Sans doute les bêtes de compagnie de quelque despote oriental. Elle était revenue souvent, mais n'avait pas retrouvé ces deux animaux sages qui venaient à pas lents rejoindre leur maître dans ses appartements, elle n'avait pu caresser ces chiens, ni sentir à nouveau cette atmosphère, angoissante et grisante, de chasse nocturne. Sans ces chiens, justement (même si on ne les entendait plus, ils pouvaient être encore là), Marge aurait sauté la grille pour aller trouver le seigneur de ce palais des merveilles et lui demander s'il aimerait qu'elle lui récitât des contes. Elle avait sept ou huit ans.

La première fois qu'elle avait conduit Carlo à Newport, elle lui avait raconté cette histoire. Sans doute alors, comme sa Jeep ne devait pas tarder à arriver en vue de l'embranchement, y repensait-elle. Carlo se sentit bien à cette idée. Il aimait Marge. Comme s'il avait été assis devant la cheminée de la villa, un verre de whisky à la main, en pull de coton bleu et blanc, dans ce Newport que pourtant il n'aimait pas. Le père de Marge discuterait de la situation du golfe Persique, il lui répondrait avec le ton dont on distille un secret d'État – en lui-même, Carlo ne penserait à rien. Il écouterait de la musique, dans son théâtre imaginaire.

Marge, à des milliers de kilomètres, rêvait en effet à cette histoire de dromadaires. Elle se disait qu'au bout du compte elle épouserait peut-être Carlo, ce jeune chameau. Elle lui en parlerait au retour. Ce soir, avec son père, elle irait peut-être faire quelques pas sur le rivage, mais pas jusqu'à la villa mystérieuse, qui était un peu loin. Ils parleraient des régates. Elle se réjouissait de rentrer à Newport. Les dynasties chinoises n'étaient plus rien à ses yeux. Elle respirait.

Dans la salle du musée, une voix trop haute fit sursauter Carlo. Elle susurrait. L'image d'un visage tentait de se fixer sur la vitre qui couvrait la petite peinture. Il souriait. Carlo grimaça, se retourna. C'était une jeune femme dont il savait tout sans l'avoir jamais rencontrée.

Une chose que la fiche ne mentionnait pas, c'est qu'elle aurait une voix aussi désagréable. Elle s'appelait Irène. Son « identité » de ce jour, un nom grec, genre Papazoglou, il ne s'en souvenait pas. Ils échangèrent les paroles convenues, comme dans les romans d'espionnage. Toutes les grecques au nom impossible ne sont pas des Maria Callas. Quel était le vrai nom de la Callas ?

Irène n'avait pas bronché. Il avait déjà pris en mains le porte-documents qu'elle avait apporté.

Échange effectué. Sans y penser. Affaire de routine. C'est quand même assez rare que cela se passe à Washington même, d'habitude on offre de petits voyages. Elle parlait encore, pour la vraisemblance de la scène. Avec sa photographie, on lui avait montré toute sa fiche sans lui laisser le temps de la lire, mais Carlo avait le regard photographique. Si au moins elle était jolie, elle aurait pu passer pour une sorte de Ninotchka, de ces espionnes au regard sévère. Irène n'était pas non plus du genre à éclater de rire comme Garbo dans le film de Lubitsch. Kalogeropoulos : le vrai nom de la Callas. Née à New York, morte à Paris. Carlo s'enchante de sa bonne mémoire. Irène, comme convenu, a parlé la première.

« Vous regardez ça ? De qui ? Maître de l'Observance ? Connais pas. Un Siennois.

– Ah ? Vous connaissez alors ?

– C'est la salle des primitifs siennois. C'est écrit. Vous êtes allé à Sienne ? Tellement charmant. Vous avez lu le cartel ? “Saint Côme et saint Damien guérissent un paralytique en remplaçant sa jambe par celle prise au cadavre d'un Maure”. Bah, c'est toute l'histoire de l'Amérique, on était un peu des paralytiques avant la guerre de Sécession. Non ?

– Et maintenant, on avance sur deux jambes, comme on disait dans les tracts maoïstes de jadis, l'agriculture et l'industrie.

– Jambe blanche et jambe noire, colosse aux pieds d'argile, Côme et Damien...

– Qui étaient-ce ?

– Là, je peux vous dire, mon père était chirurgien. Les saints patrons des médecins, et aussi des Médicis, c'est pour cela qu'on en a tant peint dans l'Italie de la Renaissance, frères jumeaux, je crois, la version chrétienne de Castor et Pollux, vous savez comme tous les vieux mythes repris par le christianisme. Vous avez vu, à Rome, de chaque côté de l'escalier du Capitole, les statues de Castor et Pollux avec leurs chevaux ?

– Jamais allé à Rome. Le Capitole de Rome, c'est le capitole pour la ville ou pour toute l'Italie ?

– Question sans signification, mon cher. Vous êtes vraiment un pur Américain, ou vous jouez le rôle à merveille. C'est un endroit de Rome qui s'appelait comme cela, l'origine du mot si vous voulez. Une des sept collines. »

Ils naviguaient vers la sortie. Certainement, elle était plus cultivée que lui. Elle l'agaçait vraiment. Ce qu'elle avait trouvé à dire sur la jambe noire, c'était tellement « comme il faut », tellement correct. Elle n'avait pas su expliquer, malgré tout, qui était ce Maître de l'Observance. Son père n'était pas médecin comme elle l'avait affirmé, mais kinésithérapeute, c'était sur la fiche. De petits restes de prétention ? Elle voulait lui faire impression, elle avait dû lire sa fiche à lui. Carlo se pardonnait assez vite ses fatuités.

Il s'aperçut à peine qu'Irène s'en allait. Il s'assit sur le marbre, devant la nouvelle aile, anguleuse et ensoleillée, de la National Gallery. Il se dit :

« Ces choses sans importance. » Et les mots qu'il prononçait pour lui seul apparurent sur ses lèvres.

Le soleil tapait. Il se leva. D'un mouvement brutal, sans réfléchir, il rentra dans le musée et retourna se planter devant le tableau de ce « Maître de l'Observance ».

Un détail qu'il n'avait pas vu apparut un quart d'heure plus tard sur le panneau de bois : la porte dans le fond ouvrait sur un jardin. Presque tous ses amis avaient des recettes, sinon pour être heureux, du moins pour aller mieux. Une heure au gymnase du coin de la rue tous les soirs, les cassettes des télévangélistes, les livres du dalaï-lama, la cocaïne, les antidépresseurs, l'alcool et tous les mélanges envisageables. Carlo, jusqu'à ce jour, avait prétendu qu'il n'avait besoin de rien, parce qu'il n'avait pas besoin du bonheur. Il préférait la lutte, la passion, les échecs même. Cela lui permettait de composer quelques monologues originaux et bien reçus. Il sentait les regards : un homme qui souffre, qui agit, c'est tellement plus drôle qu'un homme qui va au gymnase. Tout le malheur de Carlo, c'est que sa vie n'était guère passionnée, malheureuse ou tourmentée. Ce jour-là, d'un seul coup, il se sentit bien. Sans comprendre. Il n'aimait pas la peinture, ne connaissait rien à l'art siennois, parlait des visiteurs d'expositions comme de visiteurs de prison.

Il échafauda une théorie fabuleuse. Au centre des villes, sous le nom de musées, se cachent d'immenses centrales nucléaires, thermiques, chimiques, bénéfiques. Vous avez le droit d'entrer dix minutes, vous pouvez aussi y rester toute la journée. Vous n'êtes pas obligé d'aimer l'art. Vous n'avez rien besoin de savoir. Vous entrez. Vous ne choisissez pas. C'est vous qui êtes choisi. Ce peut être un meuble chinois, une tête gothique, un tableau de Paul Klee ou de Zurbaran. Pour Carlo, c'est une peinture d'un certain « Maître de l'Observance ». Vous regardez. Vous sortez. La vie remonte en vous. Une irrigation intérieure. Carlo partirait au bout du monde pour ressentir encore, à Budapest, à Prague, à Lugano, la pureté de ces quelques minutes passées devant une peinture. Personne ne le sait. Nul n'ose en parler. On a honte. On continue à faire croire que les musées sont faits pour les groupes scolaires et les conférences d'histoire de l'art, la ronde infernale des expositions qu'il faut avoir vues. Un jour, vous croisez un collègue, une vague connaissance, un ami, venu seul, à l'heure du déjeuner. Lui aussi, alors, il sait ? Ce serait drôle, si c'était vrai. Si dix minutes au musée donnaient plus de bonheur qu'une séance au gymnase ou une soirée à lire les livres du dalaï-lama. Pourquoi pas ? Si Carlo voulait devenir un gourou chef de secte, fondateur de phénomène de société, il ferait un livre là-dessus, vrai ou faux.

Dès qu'il avait été en face d'Irène, il s'était dit : je la déteste. Je méprise ce genre de femme. Il comprit au premier regard qu'elle incarnait tout ce qu'il ne pourrait pas être, qu'elle était ce qu'il ne pourrait pas avoir. Aussitôt, il se mit à vouloir lui ressembler. Elle savait tout. Elle pensait à tout. Elle ne laissait rien au hasard. Ni à personne. Elle avait fait ses classes à Harvard – membre de l'équipe d'aviron. Une tueuse rivale. Yale et Harvard s'opposent à longueur d'années ; au football, au polo, à l'aviron, en natation... Elle ne lui faisait pas peur. Sur la photo de la fiche, elle avait vraiment tout fait pour s'arranger. En réalité, elle n'était pas laide, mais elle avait dans le sourire quelque chose d'incontestablement désobligeant. Il sentait qu'il avait en lui de quoi devenir comme elle. Elle le tenait. La même graine d'espion, sous deux formes différentes. Il jouerait à la prendre comme modèle. Un certain temps, on verrait bien. Il en serait jaloux. Marge serait jalouse d'elle – quand il lui en parlerait. Il la haïrait, cette grecque au nom imprononçable, et il conformerait toute sa vie à la sienne. Que penserait Marge quand elle verrait que son sourire prenait, à certains moments, quand il parlait de quelque chose qu'il savait, une forme désagréable ? Depuis longtemps, il désirait être à l'image de cette Irène. Enfant, elle avait dû grandir dans une de ces écoles grecques de New York que l'on voit défiler à l'automne sur la cinquième avenue. Elle avait dû avoir la rage de la réussite. Elle avait été une de ces petites filles dans l'uniforme beige ou bordeaux de son pensionnat qui, à la tête du cortège, portent une gravure de Lord Byron entourée de rubans blancs et bleus. C'est parce que, depuis toujours, il avait voulu se conformer à ce modèle qu'il l'avait, tout à l'heure, identifiée du premier coup. Carlo, trop riche, trop heureux, dans son Amérique de carte postale, réfugié parmi ses disques, avec ses stylos des années trente, ses petites bouteilles d'encre et sa fortune, avait été trop indolent : il aurait dû, à dix-huit ans, se comporter en inquiet et souffrir plus d'être orphelin.

Le soir, il s'aperçut qu'il avait gardé à la main la pochette de documents remis par Irène. Il l'avait oubliée. Et toujours pas grande envie de l'ouvrir. Ce qu'il y trouva ne l'étonna pas. Il fallait répercuter l'information. Rien de plus administratif que l'espionnage.

Il était sûr que, dans la journée, cette Irène se serait documentée sur le Maître de l'Observance. Pourvu que la prochaine fois on ne la lui refile pas comme contact, qu'il ne la croise jamais au club de la presse étrangère, l'habituelle buvette des héros du renseignement. C'était peu probable. On travaillait rarement deux fois avec les mêmes. Pourvu qu'il ne la revoie jamais. Il se dit qu'il avait senti, dans son premier regard, qu'il avait plu à cette jolie laide. Carlo s'en rendait toujours compte. Il se traita de fat, de poseur. Il enrageait plutôt qu'elle n'eût pas fait mine de le trouver beau. Quand Marge s'était laissé séduire, il l'avait lu dans ses yeux. Avec Irène, il avait cru deviner, puis n'avait rien vu. Au diable.

À son retour de Newport, Marge trouva son futur mari si changé qu'elle recula le moment de lui proposer le mariage. Elle le sentait étrange. Lui ne parla pas de peinture, de la National Gallery, ni de sa rencontre avec cette Irène de malheur. À quoi bon ? Phrase dangereuse qui lui revenait, en marchant dans les couloirs, dans son bain, dans ses rêves, ces dernières semaines. Quand elle lui parla de l'exposition Matisse qui allait s'ouvrir et des toiles venues de divers musées des pays de l'Est, Prague, Budapest et autres, que l'on n'aurait peut-être pas l'occasion de revoir, il détourna la conversation avec pudeur. Il commençait à avoir envie d'un nouveau stylo.

*

Carlo mit longtemps, plus de dix mois, à vaincre la timidité qu'il éprouvait devant les marches et les marbres de la bibliothèque du Congrès. Un vrai Américain n'aurait même pas compris que l'on pût hésiter. Il s'y décida la semaine qui précédait ses vacances. De petites vacances de huit jours demandées depuis une éternité, à cette date, sans qu'il se souvînt trop pourquoi. En réalité, c'étaient des dates qu'on avait fixées pour lui dans son agenda. Une semaine : il avait son idée maintenant.

Depuis la rencontre avec Irène, rien ne semblait changé avec Marge. Était-ce seulement une timidité invaincue qui les faisait sans cesse ravaler leurs demandes en mariage ?

Tout fut très simple, à la bibliothèque. Il eut à peine formulé sa question devant une des documentalistes, qui consulta pour lui la banque de données, qu'on lui répondit par une liste de cent titres.

Étonnement devant le nombre incroyable d'artistes répondant au nom de « Maître de... ». On lui expliqua : absence de nom. On regroupe une série d'œuvres anonymes qui paraissent exécutées de la même main, et les historiens de l'art donnent un nom arbitraire d'après le tableau qui a servi de référence pour l'attribution. L'idée plaisait bien à Carlo, c'était un peu de l'espionnage, ou du moins du roman policier. Car à la différence du commun des espions, Carlo, en lui-même, cultivait le mythe. Il se jouait la comédie du renseignement à l'ancienne, se prenait au jeu. C'était pour cela qu'il avait accepté ce travail, en plus du poste au Département d'État. La documentaliste continuait d'expliquer : il était passé en vente l'autre jour à New York, le journal en avait parlé, un primitif rhénan – Carlo ne posa pas de question – d'une remarquable laideur – il imaginait de moins en moins – qui avait atteint un prix faramineux. Simplement parce qu'il s'agissait d'une de ces œuvres de référence, d'un artiste exhumé d'hier, alors que le tableau était encore sur le marché. L'acquéreur lui volait un peu de sa postérité en lui donnant son nom. Le Mr Johns ou Smith qui l'avait emporté à la vente de New York devenait, par définition, le possesseur de la plus belle œuvre du « Maître de la Madone Smith » ou du « Maître de l'Annonciation Johns ». Il allait du coup rejoindre la litanie prestigieuse qui s'était imprimée alphabétiquement et en rafales sur le « listing » que Carlo tenait en main – qui traînait, en larges ondulations, jusqu'au sol. Les maîtres inconnus de l'histoire de l'art rebaptisés de noms d'emprunt. Comme lui, comme Irène, des agents en mission.

Certains portaient des noms de lieux, église ou musée, d'autres des dénominations plus ésotériques. Inculte et ravi, Carlo déroulait entre ses doigts cette litanie des saints dans le temple de la connaissance. Il regretta de n'avoir pas mis sa veste en tweed et noué un papillon. Il se faisait rire, en savant. Bien sûr, il entendait une voix intérieure qui lui chantait l'air du catalogue :

« Maître d'Alkmaar, Maître d'Anghiari, Maître de l'Annonciation Gardner, Maître d'Amiens, Maître du Bambino Vispo, Maître du cassone Adimari, Maître du cloître des oranges, Maître de Figline, Maître de Flémalle, Maître de Francfort, Maître des Grandes Heures de Rohan, Maître de Hoogstraten, Maître de la Madeleine Mansi, Maître de la Madone aux gros yeux de la Pinacothèque de Sienne, Maître de la Madone Strauss, Maître de l'Observance – voici –, Maître des panneaux Barberini, Maître de la Passion Lyversberg, Maître de Prato, Maître de San Francesco, Maître de Santa Cecilia, Maître du triptyque Carrand, Maître de la Vierge entre les Vierges, Maître de la Vierge au perroquet, Maître des demi-figures, Maître des portraits princiers – tiens, il se peut qu'il soit achetable alors, celui-là ? –, Maître de 1499 – et lui ? –, Maître du fils prodigue, Maître du Saint-Sang, Maître du triptyque Morisson (Mr Morisson, Toledo, Ohio). »

Carlo lut tout, et cela l'enchanta. De nos jours, c'était presque mieux que de posséder un Rubens, un Motherwell ou un Velasquez. Jubilation de Mr Smith (Kansas City) quand on lui dit que son saint Jean n'est pas un Giotto ou un Fra Angelico : naissance du « Maître du Saint Jean Smith ». Le canard boiteux, le pseudo-Giotto, devient le fleuron de la collection, le cygne admirable de la « Smith Foundation » et l'aîné des petits-enfants de Mr Smith se prénomme John. Car ce n'est pas comme en astronomie, où celui qui découvre une comète lui donne son nom. En art, celui qui baptise n'est pas le savant qui a repéré le nouvel astre, mais le businessman qui l'a acheté. On ne peut pas donner le nom de Dieu à toutes les étoiles.

« Maître de l'Observance ». Il dépouilla avec gourmandise. Méprisa les articles autant que les pavés de vulgarisation, fit confiance aux historiens d'art italiens et anglais, sauta les titres en allemand, cocha un peu à l'aveuglette dans ce qui restait, une dizaine de volumes, qu'on lui apporta aussitôt. Il fallait être aussi étranger que Carlo à ce qu'est une bibliothèque publique pour n'être ni admiratif ni surpris. En un après-midi, il avait tout parcouru et le soir, rentré chez lui – il ne téléphona pas à Marge –, il tenait, serré dans son portefeuille, un feuillet qu'il déplia, haletant et songeur, un peu inquiet de voir à quel point cela l'intéressait :

« Maître de l'Observance (actif à Sienne entre 1420 et 1440)

Artiste identifié à partir d'un tableau de référence de 1436, qui représente la Vierge à l'Enfant entourée de saint Blaise, saint Côme et saint Damien, saint Antoine Abbé et saint Jérôme, qui se trouve dans la basilique de l'Observance, près de Sienne (Italie). On regroupe autour de cette œuvre les cinq panneaux suivants qui en constituaient la prédelle, anciennement attribués à Sassetta ou à Sano di Pietro et qui illustrent des pages de la Légende dorée *de Jacques de Voragine :*

1. Saint Antoine Abbé tenté par un tas d'or (Yale University Art Gallery)

2. Saint Côme et saint Damien remplacent la jambe d'un malade par celle du cadavre d'un Maure (Washington, National Gallery.)

3. Nativité (Prague, Galerie nationale)

4. Saint Blaise ordonne à un loup de rapporter son porcelet à une veuve (Lugano, coll. Thyssen)

5. Saint Jérôme en train d'écrire (Budapest, Galerie nationale) »

Plus bas, Carlo, qui avait repris pour l'occasion le stylo acheté le jour de ses dix-huit ans, méticuleux, avait griffonné pour se rendre maître du vocabulaire de base :

« *Prédelle* – partie peinte qui présente en bas d'un tableau – une *pala* d'autel ou un polyptyque

– un certain nombre de scènes narratives illustrant par exemple des épisodes de la vie des saints. Souvent, une prédelle se divise en plusieurs panneaux.

Voragine – Jacques de, dominicain né à Varaggio sur la côte ligure vers 1230, mort en 1298, prédicateur devenu évêque de Bologne et archevêque de Gênes, auteur de la *Legenda aurea* recueil précieux des vies des saints selon l'ordre du calendrier qui connut un grand succès jusqu'au XVIe siècle. Il contribua à la réforme des mœurs de son clergé. »

Carlo se servit un verre et baissa le store pour ne plus voir le soir se faire sur Washington. Il ne savait trop ce qui l'avait pris de se lancer dans cette recherche ; il se retrouvait étudiant quand il passait la nuit blanche avec un *paper* à rédiger. Seul dans son appartement, il ferma les yeux. La vie des saints n'avait jamais été son fort, ni les légendes : certains guérissent, d'autres servent à des moments précis de l'existence. Il fit la liste de ce qu'il savait, bilan vite fait : saint Antoine pour les objets perdus, sainte Rita pour les causes désespérées, sainte Perpétue pour les procès qui s'éternisent et saint Expédit pour faire un peu presser les choses. Il ajouta encore saint Fiacre pour les jardiniers, car il avait vu sa statue dans une église de Santa Monica avec une bêche à la main et sainte Véronique pour la photographie, puisqu'elle est, le saint suaire de Turin en témoigne, l'inventeur du procédé. Rien pour saint

Blaise, saint Jérôme. La Nativité, il voyait à peu près – avec dans l'esprit les volutes des crèches napolitaines des grands magasins Bloomingdales et l'arbre de Noël de Central Park. Son éducation religieuse était à reprendre *ab initio* ; mais combien étaient-ils de son année de Yale – parmi les catholiques, mais pour les autres religions ce n'était guère plus brillant – à en savoir plus que lui ? Si, les extrémistes des minorités, les Chiites, les Sikhs, les Ashkénazes, les Brahmanes, les Uniates, les Mennonites. C'était sans doute passionnant, il ne disait pas le contraire, mais c'était comme pour l'astronomie, il faudrait du temps. Pour les saints, il y aurait eu quand même son pauvre Jan qui en connaissait quelques-uns – chose normale, puisqu'il était probablement l'un d'eux (Jan, un petit prince européen au physique un peu étrange, son meilleur ami de Yale). Carlo ne comprenait pas trop comment il avait pu être l'ami d'un saint. Un saint de notre époque qui avait dû aimer en Carlo la fatuité, le vernis, les mauvaises blagues.

« Tu pars ? Pour longtemps ? Pour toujours ? demanda Marge le lendemain.

Elle riait.

– Un jour à Yale, répondit-il avec désinvolture.

– Mais tu détestes les réunions d'anciens, tu n'y vas jamais. Et tu as même mis ta vieille cravate de collège, on dirait mon père, tu sais.

– Pour une fois. »

L'important, c'était d'aller vite. Quand un espion doit faire le tour du monde, il n'a pas à s'attarder. Commencer un tour du monde incognito par une visite à son collège, c'était en outre relativement imprudent – un espion américain peut se promener à Prague en relative sécurité, sur le campus de Yale, il risque à chaque instant reconnaissances et identifications.

Dans le train, il pensa à l'entretien qui avait décidé de son engagement à la C. I. A., dès la fin de sa dernière année d'université. Son audace à cette époque, sa complète absence de vrais projets. Son ami Tim, un étudiant d'origine iranienne, avait couvert un des murs de sa chambre avec des lettres de refus des banques et cabinets d'avocats de tout le pays et méditait chaque soir devant son « mur des lamentations ». Carlo, à la sortie de Yale, avait eu de la chance : deux métiers, l'un secret, l'autre très envié. L'entrevue s'était déroulée en français, on l'avait fait parler de lui. Faites votre portrait en huit minutes. Il s'en était assez bien sorti. Huit minutes, du cake.

Avec une science professionnelle, il avait préparé son voyage. Jusqu'à ce détail de la cravate qui avait endormi la méfiance de Marge. Avec autant d'astuce et de maîtrise, il ferait mieux de la tromper. C'était de l'entraînement pour après le mariage, qu'elle se déciderait bien à lui proposer. À moins qu'il ne le fasse. Il chercha, pour faire travailler sa mémoire, les noms des personnages de cet opéra de Cimarosa, *Le Mariage secret*. On verrait. Fuyons d'abord. Horaires d'avion, plans des villes, trajets des trains, cartes de l'Italie, schéma décalqué de la basilique de l'Observance près de Sienne (Toscane), salles du Musée national de Budapest. Un soir, il avait tout su par cœur. Il était fin prêt. Il avait son rôle à jouer.

Chapitre 3

Saint Antoine à Yale University (Connecticut)

Il méprisa d'ailleurs le monde qui est immonde, inquiet, transitoire, trompeur, amer.

Jacques de Voragine,
Saint Antoine

Ce qu'il n'avait pas deviné, c'étaient les fantômes glacés attachés à ces lieux. Présences imprévues qui ne le gênaient pas, du moins au tout début de son pèlerinage. Il avait beau n'éprouver nulle nostalgie, il ne pouvait empêcher des images de revenir. Jamais, bien sûr, du temps de ses années de « collège », il n'était entré au musée de Yale. Pourtant, le petit saint peint par le Maître de l'Observance, il le connaissait. Jan, petit saint à sa manière, l'avait eu si longtemps en carte postale au-dessus de son bureau. Jan et lui étaient à cette époque les seuls Européens du collège de Saybrook – un des douze qui composent Yale. Quel écrivain anglais a dit que pour épurer la littérature nationale, il suffirait d'interdire pendant quelques années les romans de collège ? Les souvenirs que Carlo gardait de cette époque n'avaient rien à voir avec des souvenirs de classe, ces récits d'étudiants avec leurs petites histoires nouées entre les réfectoires, le gymnase et les suites de chambres de l'internat.

Cela n'était pas si lointain, dix ans à peine. Il se souvint de quelques amis, de ses voyages de jeune homme – un été à Saint-Martin, l'Argentine avec l'équipe –, de visages, des rues du campus en hiver, quand la neige mettait si bien en valeur l'architecture néo-gothique des bâtiments, qui dataient des années 1930 – néo-néo-gothique, et d'aspect tellement vénérable. C'était la première fois qu'il revenait, avec une sourde anxiété.

Souvenirs d'un univers de glace, et lui, promeneur dans un pays de hautes statues blanches entre des piliers froids et transparents. Des fantômes. Il les reconnaissait tous. Mais comme il ne savait pas ce qu'ils étaient devenus, qu'il avait parfois oublié le détail de ce qu'ils faisaient alors, ces statues restaient immobiles. Il ne leur arrivait rien. Aucune intrigue ne se tissait, aucune parole, aucun geste, rien que des mots qui lui revenaient, le sentiment d'avoir vécu quelque temps parmi eux et de les avoir maintenant perdus. Carlo gara sa voiture devant Saybrook, exactement à l'endroit où il avait garé pour la première fois sa première voiture.

Il se rappelait aussi les gens connus ensuite, de retour en Europe, et qui se mêlaient à l'histoire de ses amis de l'université. Le vieux Paul avec son visage de Chinois, constellé de taches d'eau de Cologne, couvert de rides, le grand-père de Jan, le vieux prince de Valdat. Ses costumes anglais fermant par trois boutons, pochette blanche et paire de gants. Timothy que l'on n'appelait pas Tim, presque aussi âgé que Paul, le pauvre homme qui avait tout donné. On le laissait utiliser les douches. Ces deux-là avaient l'air de sortir d'un conte, le riche et le pauvre, le prince et le mendiant, deux sages. Où auraient-ils pu se rencontrer, Jan n'avait probablement jamais parlé à son grand-père de ses rencontres avec Timothy, le clochard du campus, l'homme que la misère n'oubliait jamais. Avec ironie, Carlo liait pourtant Timothy à ce défilé de spectres. Sa galerie des fantômes.

À quoi bon ? Carlo n'avait pas le temps de traîner. Il voulait juste voir le tableau, partir au plus vite. Il savait qu'il y en avait quatre autres. Il s'impatientait.

Ces images du passé le retardaient. Il les regardait malgré lui. Un moment, après la fin de sa dernière année de Yale, l'été d'après passé en France, la mort de ses parents adoptifs sur une route de l'arrière-pays d'Aix, comme dans les films, au retour – quelques semaines, un peu plus peut-être –, Carlo s'était vu totalement seul. Les gens qu'il retrouvait avaient évolué sans lui, il s'était habitué à vivre sans eux. Ses amis d'Amérique s'étaient eux aussi éloignés, puisqu'il était parti. C'était la seconde fois qu'il voyait mourir ses parents.

Autour de lui continuaient à vivre les ombres de ceux qu'il venait d'abandonner. Lorsqu'il se trouva pour la première fois devant le petit rectangle peint, Carlo ne put en dissocier l'image de celle de son meilleur ami, Jan. Autre deuil, six mois plus tard.

Carlo ne pensait pas qu'il y avait autant de primitifs italiens au musée de Yale. Il faillit presque s'y intéresser par un sain réflexe d'autodidacte qui veut se donner bonne conscience. Il se força à rester devant cinq ou six de ces œuvres pour ne pas pouvoir s'accuser d'avoir négligé une occasion d'apprendre quelque chose. Quel intérêt ? Il goûta surtout leur valeur romanesque : les voyages de ces peintures, leurs possesseurs, les passions des ventes aux enchères, la flambée des prix du marché de l'art, le tissu d'intrigues qui aboutissait à leur exposition dans ces salles. Chaque tableau pour lui enfermait une histoire, des pays lointains, les femmes mortes depuis des siècles qui l'avaient contemplé. On vient à l'art comme on le sent. Il n'osa tout de même pas aller plus loin dans les sornettes qu'il se racontait. S'il croisait un ami, du moins aurait-il ses petites histoires toutes prêtes pour expliquer, sans inquiéter personne, les raisons de sa présence ici. Une seule peinture l'intéressait, aucune autre.

Jan, il ne voulait plus trop penser à lui, depuis sa mort. En classe, on ne faisait pas très attention à Jan. On ne savait pas bien qui il était, même Carlo qui venait d'Europe. Le nom que portait Jan aurait pu être américain. Valdat, c'était le nom d'une obscure ville du Missouri, le nom d'une équipe de foot, et peu importait que ce fût également celui d'une dynastie qui avait si longtemps régné dans un petit État d'Europe que l'on n'arrivait même pas à situer, quelque part entre la Croatie et le Monténégro. Jan était tranquille, vivait bien à Yale. On remarquait surtout ses cheveux blancs très courts : albinos, unique en son genre, on ne voyait que lui au réfectoire, mais cette particularité physique le rendait sympathique et lui servait de cuirasse. Puisque, de lui, on ne voyait que ses yeux et ses cheveux, le reste devenait invisible. Il était respecté, par principe. C'était déjà si peu de chose en France et en Italie, en Roumanie ou en Autriche, de porter le nom de princes sans royaumes, alors ici. Au moins on ne le montrait pas du doigt. On aurait fait dix fois plus d'histoires s'il avait été membre d'une des « sociétés secrètes » qui se partageaient le campus. En anglais, il n'avait pas d'accent. Il parlait bien. Les filles le trouvaient assez beau.

Un des joueurs de polo de l'équipe de Carlo, Tom, élève de Morse College, racontait comment un ami de son frère, qui se faisait appeler Bob Vanorange, lui avait fait visiter les Pays-Bas : ils avaient tous dîné au palais royal. C'était sympathique ce prince de Hollande – Stathouder des Pays-Bas, duc de Nassau, protecteur de ceci et de cela – qui arrivait incognito pour faire ses études dans le pays de Peter Stuyvesant, en brave puritain au chapeau rond et au rabat de velours noir, comme un de ceux qui, trois siècles auparavant, avaient bâti l'Amérique.

Jan, catholique, extrêmement pieux, ce que l'on ne savait pas, priait en cachette. Ce qui expliquait la carte postale du petit saint achetée au musée de Yale qui faisait l'unique décoration de sa chambre. Un rectangle de couleurs et d'or sur le mur blanc.

Jan, chaque soir, écrivait en secret. Toujours des pages religieuses, sur un cahier, qu'il montra plus tard à Carlo devenu son ami. Il aimait écrire et se laissait aller, dans un style de sermons de carême enflammés ou tendres, jamais vraiment ennuyeux, à des pages mystiques et profondes. Il ne pensait pas trop à ce qu'il écrivait. Une logorrhée automatique. Il lui arrivait de passer des semaines à noircir des pages de réflexion sur le Bon Larron, les Rois mages, l'Ange Gardien ou la question, plus générale, du temps et de la prière. Peut-on prier pour des événements qui ont déjà eu lieu ? Des couvents entiers prient pour la conversion de saint Paul, etc. Il livrait contre lui-même de petites controverses qui l'amusaient.

Carlo aimait bien. Pour lui, c'était comme les *Contes* de Perrault ou les *Fables* de La Fontaine. On pouvait voir dans ces pieuseries le reflet d'angoisses, de chagrins, mais tellement déguisés, tellement dilués, qu'ils en devenaient méconnaissables, imperceptibles. Un pur exercice intellectuel, en apparence. Un journal intime écrit avec un code secret et du jus de citron. Carlo avait beaucoup appris, avec Jan, sur l'art de donner le change. Dans la langue de la religion, il exprimait beaucoup de choses qui prenaient ainsi l'aspect de paroles d'Évangile, de vérités d'éternité faites uniquement, lorsqu'il les relirait, pour lui rappeler de petits événements heureux, le plus souvent prosaïques au possible. Il relisait ses pages sur la communion des saints et se souvenait de la tournée qu'ils avaient faite avec son groupe de chant au Canada ; cela signifiait Louisa, qu'il avait rencontrée dans la famille qui l'avait logé à Montréal. Ou quand il pensait à Esther, qu'il avait connue à la patinoire et sur laquelle, pendant quinze jours, il s'était amusé à nourrir de belles illusions, il relisait son court chapitre de l'adoration perpétuelle. Asthmatique de seize ans, le patinage était le seul sport qu'elle pouvait pratiquer. Carlo avait tout de suite dit à Jan de la débarquer.

Carlo possédait également son langage crypté pour soulager ses peines en gardant le masque : pour lui-même, sans public, sans que rien ne sorte de son cerveau, il consentait à se mentir parce qu'il savait bien qu'il ne se duperait pas. Il s'occupait l'esprit avec patience faute de s'avouer franchement, par pudeur, les passions dont sa vie était occupée. Dans ces rues de Yale, penser à Jan l'empêchait de se livrer : son ami aurait aimé servir d'encre sympathique à ses songes.

C'est à cette époque aussi que Carlo avait constaté qu'il possédait un don étrange, extraordinaire, impossible à communiquer : il suffisait qu'il entende une fois un disque, une musique, pour pouvoir la retrouver, à volonté, dans son cerveau. Il n'était pas capable de l'écrire – il n'avait jamais compris comment on utilise une partition, les notations des portées étaient pour lui des hiéroglyphes –, encore moins de la chanter – sa voix déraillait – il pouvait pourtant réentendre les moindres détails de la musique, chaque couleur d'une interprétation. Il emportait ses disques dans sa tête, sans le vouloir, et c'était assez encombrant. La musique l'envahissait, sans lui laisser le choix. Il pouvait dire, sans se tromper, qui il entendait : la Tebaldi, la Tardi, la Berganza, avec quel orchestre, en quelle année. Le plus rageant, c'est que personne ne le croyait – il avait cessé d'en parler – et il était désespérément le seul témoin de cette faculté mentale prodigieuse, du moins la jugeait-il ainsi. Un beau don qui ne sert à rien. Sauf que la vie avait l'air parfois d'un mauvais film où l'on met trop de musique pour faire oublier la médiocrité des dialogues.

Seul Jan lisait entre les lignes de ses prêches et il aurait pu confier sans crainte ses cahiers au prélat qui servait de confesseur à son grand-père. Il souriait en pensant à ces deux vieillards si lointains, dans sa grande maison d'Europe, qui jouaient aux échecs ensemble en s'appelant mutuellement monseigneur. Leur sujet de conversation ? Les saintes huiles, pour le sacre. Ils ne soupçonneraient jamais l'existence d'Esther – en qui tout respirait l'innocence et la paix – et de Louisa, de la patinoire, de Timothy le clochard, de tout ce qui se passait pendant les tournées du groupe de chant ou les cérémonies d'admission dans les clubs ; ils ne se feraient pas de soucis pour lui ; ils seraient si heureux de le revoir à l'été.

Jan devait être, parmi les étudiants de l'université, celui qui se sentait le plus libre. Il se laissa pousser des boucles blanches. Il voulait la paix.

Il l'aurait. Il se rappelait une statue baroque dans une église de Salamanque, une allégorie de la Paix – PAX brodé en grosses lettres de perles sur son manteau, tenant une croix immense et assise sur un globe terrestre de lapis-lazuli avec des continents argentés. Avec le prince des Asturies – on ne les avait pas reconnus en espadrilles et pantalons blancs, surtout l'Infant, qui est si grand et que l'on commençait à voir, cet été-là, dans les magazines –, ils avaient salué la statue d'un regard complice. Elle arriverait au milieu du festin pour les délivrer. « Toi au moins, Jan, tu l'as, la Paix, la sainte Paix ; regarde – je trace avec mon ongle le voyage que nous ferons quand je viendrai te voir dans ton université. Exactement ici, au bord de cette plaque argentée, le rivage de l'Amérique, ici, c'est la statue de la Liberté, regarde donc. » Carlo revivait le récit de Jan, fermait les yeux ; c'était le visage d'Irène qui paraissait, il le chassait, imaginait Marge avec ses mèches blondes. Ses oreilles bourdonnaient, le village de pêcheurs de Casela Velha sur ce rivage perdu de l'Algarve, la paix, la paix – pax.

Si seulement il pouvait raconter à Jan ce qu'il était venu faire, des années après, sur le vieux campus. Dans quoi s'était-il embarqué ? Cette mission sans danger aucun était la plus suspecte de sa carrière. Il pensait à Jan pour ne pas penser à Marge afin d'éviter de se souvenir d'Irène. Ce qui le poussait à la poursuite des tableaux n'était pas aussi clair : il ne se dissimulait pas que cette frénésie lui échappait et qu'il ne se limitait pas à appliquer les instructions reçues. Car ce n'était pas seulement un prétexte inventé pour fuir. Il se perdait. Tournait en rond.

On avait le loisir d'être sage dans les universités de cette époque. Carlo n'osait pas s'en vanter devant ses collègues de Washington : il ne se droguait pas, avait des petites amies très comme il faut, sortait diplômé *magna cum laude*. La meilleure université, les meilleurs costumes, les meilleurs sentiments du monde. Pas de combat, pas de vice, pas de passion : des amis princes, catholiques, joueurs de polo ; au bout de dix ans sur cette lancée, une fiancée qui passait le dimanche à Newport. Il avait adopté Timothy le clochard et n'était jamais entré dans le musée. À pleurer. Dans tout ce tableau, c'était encore Jan le plus original. Celui qui payerait pour les autres, pour tout cela. Carlo, en repensant à lui, revit ce soir de neige – il ne connaissait pas encore Marge –, quand il se promenait avec Sarah – seul Jan était dans la confidence. Ils avaient assisté tous trois à un concert, magnifique et tonitruant. Carlo dont la mémoire musicale était, cette fois, prise en défaut, ne savait plus trop ce qu'il y avait au programme : la *Symphonie du Nouveau Monde* aurait été de circonstance. Jan s'était retrouvé assis par hasard à côté de Rebecca qu'il aima pendant un an. Sarah et Carlo avaient aussitôt été au courant. Deux petits couples assez stables et qui se fréquentaient. Qu'est-ce que Jan aurait pensé de Marge ? Carlo n'en savait rien. Il grelottait nerveusement en passant devant le théâtre de Yale, ce matin froid où il n'y avait pas de neige. Quelle importance maintenant ?

Jan d'abord s'était défié de Carlo. C'était naturel. Européen, Jan ne voyait aucun Européen. Mais son amitié avec le groupe des cavaliers lui fit vite oublier ce que Carlo pouvait savoir de lui. L'équipe de polo les avait soudés. Carlo lui cacha d'instinct qu'il avait même été présenté, quand il avait douze ou treize ans, à son grand-père. Enfant, il en avait vu défiler quelques-unes, à la maison, de ces altesses et de ces vedettes en tout genre. Ses parents, ceux qui l'avaient adopté – Carlo disait « mes seconds parents » – recevaient à longueur d'année. Sa seconde mère allait épouser un triste traducteur trilingue et son second père refaire sa vie avec un chanteur rock à la veille de leur mort, ensemble, dans cet accident de voiture. Décidément.

Carlo chassa ce souvenir, d'autres venaient. Jan était allé chercher un de ses petits cahiers bleus pour le lui offrir. Carlo devait l'avoir encore dans les tas de papiers de l'appartement de Washington. Il avait écrit sur la couverture, en majuscules ornées entourées de guirlandes comme sur un orgue de barbarie : « Résumé de quelques lois qui gouvernent la vie humaine et font la civilisation. »

Il expliquait avec fatuité, sur le ton d'un petit-maître d'Oxford d'il y a un siècle :

« Je compte sur ton émotion, j'ai fait cela dans le style d'un étudiant désœuvré qui écrit ses mémoires histoire de se désennuyer. »

Carlo, après sa lecture, expliqua que c'était,

selon lui, plus l'œuvre d'un prisonnier politique au fond d'une geôle, privé de livres et qui se serait fabriqué un compendium de bric et de broc. Cela ne vexa pas l'auteur ; ils étaient allés tous deux vider des pichets de bière chez « Naples Pizza » et déclamer quelques passages de ce carnet.

En secret, Carlo comparait le petit-fils à l'aïeul. Deux discrètes détresses. Le grand-père de Jan, le prince Paul, aussi usé que s'il venait de régner cinquante ans. L'air d'être au bout d'une course qu'il avait fait semblant de disputer, ce vieil homme s'était obligé à rester, sa vie durant, impeccable dans sa position d'athlète sur la ligne de départ. Mais que faire d'autre ? Une vie passée à se préparer à vivre.

Carlo, en pensée, cessait de se prendre pour Jan, devenait Paul ; la vie des autres était la sienne, comme la musique de ses disques. Les rues de Yale. Sa jeunesse. Il rejouait tous les rôles. Lui, n'était personne.

Paul devait se reprocher d'avoir toujours su qu'il ne vivrait jamais cette existence de souverain. Avec tous ses actes faits pour signifier qu'il s'y était tenu prêt. Il avait de la grandeur. Mais aussi sans doute beaucoup de lassitude, de tristesse. Il ne pouvait en vouloir à personne. Ni s'en prendre à lui-même. Ni à ses parents, qui eux non plus n'avaient rien eu à choisir. C'était ainsi. Il pouvait à la rigueur s'en prendre à sa femme, dire que c'était par une vanité de petite couturière qu'elle avait voulu l'épouser, comme si elle avait cru un instant qu'elle allait pouvoir être reine. Mais s'il déversait ses aigreurs de vieillard sur la malheureuse princesse, c'était faute d'autres victimes. À la vérité, c'était surtout lui qui avait voulu l'épouser. Paul se souvenait encore de son sourire si beau, au retour de cette partie de chasse quand il avait demandé sa main dans la montagne, aux environs de Cetinje. Elle n'y était pour rien. À quoi servait même de se retourner contre les enfants. Bêtes, prétentieux, serviles, innocents, qu'y pouvait-on ? Il fallait bien que les conséquences de tous les mariages consanguins se fassent un peu sentir. Lui, s'il passait pour intelligent dans sa jeunesse, c'était peut-être grâce au sang neuf qui, au dire des mauvaises langues, lui coulait dans les veines. Il avait regardé maintes fois, scrutant la ressemblance, la photographie de ce comte de je-ne-sais-quoi, le grand amour de sa mère. De toute manière, du point de vue dynastique, comme il disait, cela restait sans incidence. Les petits-enfants étaient mieux : Jan, Thomas, Nicolas, Karl, Léopoldine-Jeanne, on pouvait espérer, non qu'ils soient un jour souverains, mais qu'ils arrivent à être heureux. C'était si drôle cette idée du bonheur. Il avait toujours fait comme si cela n'existait pas. Dans son vieil âge, il s'y mettait, avec le cynisme d'un vieillard revenu de tout sans qu'on l'ait laissé aller nulle part.

Il marmonnait la liste des malheurs de sa vie. Mais depuis ses soixante ans, à tout hasard, vaille que vaille, il essayait aussi de composer une liste de bonheurs. Certains n'étaient plus de son âge. Il les avait voulus quand même. Assez tristes échecs, surtout que cela s'était su.

Il sentait bien que tout ce qui, depuis si longtemps, pesait sur ses épaules ne devait pas entraver Jan dans sa marche. Il se disait que le petit enfant aux cheveux blancs se passerait bien de ses autorisations. Il se demandait ce que sa chimère apprivoisée pouvait bien représenter pour ce petit-fils en train de grandir aux États-Unis. Parfois il avait envie de lui écrire, ou mieux de téléphoner : il n'en resterait pas de traces. Lui dire de tout abandonner, s'il voulait. Qu'il pouvait demander la naturalisation sous le nom de Mr Smith, et qu'on n'en parlerait plus. Comme la principauté, on n'en parlait plus... La capitale, la cathédrale, le sacre, le serment. De la métaphysique de boy-scout. Mais avait-il le droit de dire cela à Jan ? Mais Jan avait-il besoin qu'il le lui permette ? S'il avait envie de tout abandonner...

Peut-être Jan ne comprenait-il pas encore tout ce que cela représentait, l'ambition sacrifiée, les amours gâchées, la vie sans but, la solitude, les inconvénients du pouvoir, sans le pouvoir, tous les devoirs, aucun des droits qui vont avec. Jan tenait de lui, intelligent, enfin toujours plus que sa pauvre mère, il allait bien se rendre compte. Il allait comprendre de lui-même qu'il n'y avait aucune raison de s'interdire de gagner de l'argent, de séduire les femmes, de s'exposer au grand jour. Ses aïeux d'ailleurs, ceux qui étaient rois, ne s'en étaient pas privés. Bah ! Ce n'était que depuis qu'ils ne régnaient plus qu'il avait fallu s'interdire tout, poser aux modèles, tomber dans la bigoterie, mourir pour de bon à la guerre, donner l'exemple. Jan devait comprendre qu'il avait retrouvé le droit d'être lâche, amoureux, infidèle, assassin, fumeur d'opium, champion cycliste, camelot même s'il voulait, qu'il pouvait écrire son nom sur des façades. Jan régnerait innocemment.

Carlo entrait dans la peau de Jan, puis dans celle du prince son grand-père. Il entendait chanter en lui l'air de Philippe II, seul dans son palais, et le plus beau solo de contrebasse écrit par Verdi. Le vieux Paul n'avait eu aucune chance, enfermé dans un caveau au seuil de la vallée des rois. Il n'avait rien voulu faire pour sortir de cette route si bien tracée où il s'était trouvé engagé en naissant, voie royale qui mène au sépulcre. La crypte des Capucins, Saint-Denis, Westminster, le pourrissoir de l'Escorial, Saint-Louis des Invalides, Saint-George de Windsor, Gorizia, la nouvelle sacristie de San Lorenzo, la chapelle de Dreux, l'abbaye de Hautecombe, les « chapelles imparfaites » du monastère de Batalha qui tendent leurs arcs brisés vers le ciel. Il les avait tous visités. Pour en tirer un gros album de photographies. Ses tombeaux. Carlo aussi avait les siens, dans les cimetières inconnus.

Paul s'était même dit à vingt ans qu'il pourrait s'en sortir sans rien renier – puisque c'était impossible – en allant le plus loin sur cette route, essayer de faire qu'elle mène jusqu'au trône. C'est de cet échec qu'il ne se remettait pas. À quoi bon vivre en représentation si personne ne vous regarde ? Faire attention à ce que chacun de ses actes soit irréprochable, si l'on n'intéresse plus personne ? Il faut des costumes de grand tailleur, des chaussures parfaites, s'agenouiller à la messe, prendre certains airs, ne pas se mêler d'argent. On l'avait cru naïf. Il avait bien vu venir les politiciens véreux qui saluaient en lui leur espoir, les aigrefins qui savaient que la fortune de la famille royale n'avait pas, et de loin, été tout entière aliénée par la dictature, les snobs qui affectaient de rechercher sa compagnie pour le plaisir de sa conversation, les éditeurs qui lui prenaient ses albums de photos, les femmes qui avant son mariage se précipitaient à sa rencontre, toutes celles qui depuis n'avaient pas manqué de lui faire comprendre qu'un seul mot suffirait. Il n'en souffrait pas. Cela avait été ainsi depuis sa majorité. D'abord il en plaisantait, avec des amis de son âge – quand ils avaient vingt ans, à San Remo, avec le duc de Xaintrailles et le *conte* Ugolini –, puis il les avait pris au sérieux, et il avait cédé tout ce qu'ils voulaient aux escrocs, en se disant qu'ils le mèneraient au pouvoir. Sa désastreuse période politique. Enfin il avait cédé aux intrigantes, sa période de lassitude.

Au total, il ne restait plus rien. Vivre sans pouvoir corrompt. La fin d'une vie malheureuse, uniquement occupée par la transmission de l'héritage pour, au total, tout brader. Vendus, les immeubles, les palais transformés en musées, le don à l'État des bijoux historiques, les actions soldées pour acheter des silences dans certaines pénibles affaires.

Paul, à la différence de Timothy, le clochard du campus, fit bon marché de son honneur, de son orgueil, et de ses sacro-saints principes. À Jan, demeurait son nom. Paul ajoutait « et l'éducation qu'il a reçue », mais quelle éducation Jan avait-il reçue ? Son idiot de père, sa mère remariée, le collège des bons pères où il avait toujours la meilleure note, tout cela avait dû être lamentable, et maintenant, ces quatre années américaines.

Le vieux prince ne se doutait pas à quel point c'était vrai, mais sans soupçonner que Jan pût s'en tirer si bien. Jan se jouait de tout, ne croyait pas à grand-chose, ne rejetait rien, faisait son miel des situations les plus diverses, voulait voir tomber les régimes communistes en Europe de l'Est et savait, disait-il, comment cela allait se passer. Devenu non ce que son grand-père appelait avec horreur un esprit libre, mais plutôt un esprit délié, il errait au soleil des Rocheuses, le petit saint du Maître de l'Observance punaisé au mur.

Dix ans plus tard, qu'étaient-ils devenus, les amis de cette époque ? Carlo ne savait plus où était Tim l'Iranien. Jan mort, Antonio disparu, Sarah instrumentiste, Rebecca pasteur, George millionnaire pour la première fois et Dylan aviateur. L'enterrement de Jan en avait réuni quelques-uns. On en avait lu la nouvelle dans les journaux, le vieux Paul, toujours en vie, ne leur avait pas fait envoyer de faire-part. Jan n'avait jamais parlé d'eux. Pas besoin d'invitation pour venir à la cérémonie. Un enterrement tout simple, comme pour un particulier. Un jeune archiduc d'Autriche, comme c'était l'héritier d'une famille souveraine que l'on enterrait, avait mis jaquette noire et ordre de la Toison d'or. Il était le seul. Au fond de l'église, Sarah : pour la première fois, Carlo la revoyait. C'est elle qui vint lui parler. Elle n'était pas en deuil. À Londres chez son père, elle avait appris la nouvelle par deux lignes dans le journal. D'abord sans penser que ce pouvait être Jan, ce nom en entier, ce titre ronflant, elle s'était dit : « Tiens, quelqu'un de la famille de John », puis avait lu l'âge, regardé le prénom. Elle avait dû demander à un vieux pair du royaume ami de son oncle le numéro de téléphone du grand-père de Jan, l'avait appelé en anglais. Il avait répondu qu'il aimerait tellement rencontrer une amie américaine de son « malheureux petit-fils » ; elle avait reçu un faire-part le lendemain, rencontré le prince Paul, pas si gâteux. Elle avait remarqué sa ressemblance avec Timothy le clochard. Il était allé lui chercher des photographies. Sans doute avait-il cru, ce vieux dragueur, que cette jeune fille était un flirt de son petit-fils, pour lui faire si bon accueil.

Le jour de l'enterrement, l'équipe ne vint pas au complet. George les rejoignit à la dernière minute ; arrivé du Brésil, il avait eu Antonio au téléphone qui n'avait pas pu se libérer, Dylan pleurait en serrant les mâchoires. Lui, on le croisait souvent à Washington avec sa femme à l'air stupide.

Carlo ne fit attention qu'à Sarah. Carlo et Sarah avaient rompu le jour du « commencement », la cérémonie de remise des diplômes de fin d'année. Après l'enterrement de Jan, ils passèrent une dernière nuit ensemble et ne pensèrent plus qu'ils pourraient encore se revoir. Pour eux tous, leur dernière rencontre. Depuis, Carlo fuyait les réunions d'anciens sans vraiment expliquer pourquoi à sa chère Marge.

*

« C'est Antoine de Padoue qu'on prie pour retrouver les choses perdues. On ne croit pas si bien dire », pensa Carlo, parvenu enfin, les barrières de ses souvenirs franchies une à une, devant le tableau du Maître de l'Observance. En fait il en trouva deux. Quand un musée est riche en primitifs italiens...

Le silence se fit dans son cerveau glacé. Un si profond silence, celui de l'instant où, au milieu du disque, on entend Georgina Smolen se lever pour chanter. La scène ne se situait plus dans une maison, comme pour saint Côme et saint Damien, mais en pleine campagne : le fond des deux panneaux se remplissait d'arbres et de rochers. Carlo regarda d'abord l'autre, qui ne l'intéressait pas : un saint Antoine battu par les démons. Le saint dans sa bure, à terre, tiré par les pieds et la barbe, victime de deux diablotins plutôt mal peints. Peut-être que l'on faisait exprès de bâcler tout ce qui n'était pas créature du bon Dieu. Carlo semblait croire que le diable n'appartenait pas à la Création. Jan avait dû omettre de lui parler des aventures des anges déchus. Deux personnages de facture plus rapide, que le Maître de l'Observance avait peut-être confiés à des aides. Une longue notice expliquait : les deux panneaux, ayant trait à la légende de saint Antoine, provenaient de deux ensembles démembrés distincts, d'où leur disparité de formats. Celui de gauche appartenait à la prédelle de l'Observance. Même taille en effet que celui de Washington. Un petit vieillard semblable, à la barbe cette fois bien lissée, canne à la main, saisi dans une posture d'effroi devant une maison rose. Carlo ne comprenait rien. Mettons que la cabane rose soit son ermitage, ce chemin semé de pierres avait l'air d'y mener.

Marge aimait glisser quelques expressions françaises dans sa conversation. En les prononçant, elle parvenait à en faire sentir la rareté, elle montrait qu'elle en goûtait le prix, le suc : elle prenait un ton qui les métamorphosait en joyaux que les phrases anglaises venaient sertir. Celle qu'elle trouvait la plus jolie : « comme deux gouttes d'eau ». Les deux saints avec leurs barbes de Chinois se ressemblaient comme deux gouttes d'eau. Le vieux Paul et le vieux Timothy. Carlo fronça les sourcils.

Comme il ne comprenait pas, il s'arrêta au milieu de la notice explicative, et regarda. Un instant, il cessa de regarder, pensa : « C'est la première fois depuis des années que je fixe à ce point un objet. » Il sortit de sa poche un petit feutre rouge.

Il y avait eu les navires sur la mer quand il était enfant – il retrouvait la même manière d'écarquiller les yeux –, mais depuis, si peu de chose. Le monde semblait ne plus se présenter à lui que dans une succession d'images brèves, d'instantanés, une mosaïque de coups d'œil. Il stoppa la théorie pour se laisser aller à cette sensation retrouvée qui lui causait autant de plaisir que si elle avait été nouvelle. Des deux tableaux c'était celui de l'église de l'Observance que Jan avait choisi autrefois. Carlo ne savait pas pourquoi saint Antoine paraissait s'extasier devant un lapin gris égaré sur la colline : l'expression d'émerveillement d'une petite vieille qui tombe sur un chat en plein milieu de Park Avenue et décide de le recueillir malgré les risques de toxoplasmose. Carlo trouva le sujet stupide. Il était au bord de la déception : cette version niaise de la brebis égarée pour bon berger du troisième âge !

La dernière partie du cartel expliquait tout. On n'y soufflait mot du petit lapin, créature secondaire, sans rapport avec l'histoire racontée par le panneau. Aux pieds de saint Antoine prenait place un tas de pièces d'or. On ne le voyait plus – sauf de très près, on en discernait encore les contours – car il avait été gratté pour récupérer la dorure. Cela étonna Carlo. « Il fallait que ce fût vraiment en temps de crise, se dit-il avec le sourire de Roger Moore jouant James Bond, pour quelques centièmes de gramme de poussière brillante mélangée sans doute au plâtre de l'enduit, abîmer la peinture, lui faire perdre sa signification ! » Et pourquoi n'avait-on pas fait subir le même sort à l'auréole qui étincelait ?

Bon, reprenons le sujet. Il s'agissait d'une des tentations du pauvre saint Antoine. La richesse. Carlo avait su résister. En sortant de Yale, il n'était pas entré dans un cabinet d'avocat. Mais à peine l'homme de Dieu se fut-il effrayé devant la quantité d'or, car c'était le vrai sens de son expression, qu'elle disparut. La tentation avait fait comme la pellicule d'or : avec le temps elle s'était envolée.

Carlo imagina un prédicateur zélé du Moyen Âge – il le voyait en robe de bure, maigre comme un cadavre, pieds nus, dans le chœur d'une immense cathédrale de pierres noires et blanches, sous le retable, parlant à une foule électrisée, Abraham Lincoln en campagne électorale : « La tentation de la richesse, mes frères, le diable avait voulu la présenter un soir à saint Antoine, devant cet arbre et ce lapin tout surpris. Mais Dieu, voyant que saint Antoine méprisait la richesse de ce monde, fit disparaître le tas d'or. Comme ceci, regardez, voici saint Antoine, et l'or qui se volatilise. » Et il imaginait le Franciscain raclant la peinture de son ongle sale, jugeant que même la représentation du mal devait disparaître de son église. Le tableau ainsi ne put servir qu'une fois à la démonstration. Carlo ne doutait pas que le Franciscain avait récupéré, d'une manière ou d'une autre, l'or qu'il venait de gratter.

Il vit les nuages peints en arc de cercle. Compta les arbres, sept de chaque côté, mais pas disposés en symétrie. Il vivait. Il voyait si précisément ce panneau, si soigneusement, que c'était comme s'il avait été en train de peindre. Il s'imaginait promenant un pinceau entre ces arbres, sur ce ciel. Il prenait un roseau très fin et traçait, sans trembler, les fils de la barbe du vieil homme, les hachures blanches qui creusaient ses joues, les plis de son manteau. Il donnait du relief aux pierres du chemin, fixait leurs ombres une à une, faisait jaillir une source du rocher ; il voyait tourner en volutes le tracé de chaque nuage.

Chapitre 4

Saint Blaise (San Biagio) à Lugano

Mais saint Blaise fit le signe de la croix sur l'eau qui s'endurcit immédiatement comme une terre sèche.

Jacques de Voragine, *Saint Blaise*

Avec méthode, Carlo suivait sa liste, pressé d'en finir, avant de se faire repérer. Lugano, première escale. Il ne savait même pas si c'était en Suisse ou en Italie. Au bureau de change de l'aéroport de Genève-Cointrin, on lui donna des francs, il prit un taxi pour la Villa Favorite.

Il pensa : « Blaise, ça ne sonne pas comme l'italien Biagio. Comme si je m'appelais Charles. Il faut dire *san Biagio*, c'est mieux. Pauvre Blaise, si lourd, si sourd, un peu benêt – rien de commun avec Biagio son double ingénieux, qui a rendu un tel service à la veuve. » Le sujet du tableau qu'il allait voir l'intriguait. Qu'était-ce que ce petit cochon perdu et retrouvé ? Il s'en moquait. Et la veuve ? Des choses qui arrivent. Lui était bien orphelin, et deux fois de suite, il n'en avait jamais pleurniché. Il ne s'était pas mis à l'élevage des porcelets. Il n'était pas venu non plus embêter san Biagio avec ses histoires.

Partir à la recherche de ces panneaux de peuplier peints en Toscane il y a des siècles, émiettés à travers le monde, n'était nullement une « quête ». Rien à découvrir en effet qui fût neuf ; il ne faisait que suivre les travaux des historiens de l'art, sans chercher quoi que ce soit. Et il était sûr de trouver. Il s'était assigné un but, extrêmement aisé à atteindre. Tout devait rester simple. Un de ces voyages où le plaisir qu'on prend à se donner un peu de peine vient de la certitude de parvenir à bon port. Il n'entrait pas non plus dans ces faciles fadaises : le voyage initiatique, le chemin qui mène au grand Tout – au terme duquel on ne doit pas manquer de se trouver soi-même. Lui voyageait pour son plaisir. Il se dit : « Si c'était le rôle de ma vie, mon grand air ? Don Carlo. »

L'endroit se prêtait peu à la profondeur d'âme. Un lourd rideau rouge, brodé d'or, tombait dans sa tête avec un vacarme de velours. Puis vint l'image toute faite : légèreté, mondanité, frivolité, argent surtout. La réputation de Lugano retentissait jusqu'à Washington. Eau fraîche, soleil, collection de tableaux comme n'importe quelle autre collection d'objets de luxe, en mieux : argenterie du XVIIIe siècle, grosses motos, montgolfières, animaux sauvages. L'heureux propriétaire de la Villa Favorite où se trouvait le musée, il l'avait déjà vu photographié dans les magazines financiers : bras croisés, blazer, devant la fenêtre ouverte sur le lac, dans un salon à la française entre deux commodes Louis XV et des tableaux de Guardi. Comment Carlo se souvenait-il de Guardi ? Une photographie qui ne passe pas inaperçue aux yeux américains, exercés à la décrypter : la vieille Europe dans ce qu'elle a de mieux, le titre, suggéré par les armoiries visibles dans le fer forgé du balcon, la tenue de yachtman qui rappelle aux lecteurs de gazettes que l'intéressé est habitué à faire des croisières avec le comte de Barcelone, l'ameublement et les toiles qui signifient le « grand goût » dans sa forme la plus classique, la plus sage et rassurante, la fortune matérialisée par ce paysage calme du lac suisse. Carlo se mit un instant dans la peau du jeune loup de Wall Street, inculte, arriviste, fantaisiste, errant la nuit dans New York, qui tombe sur cette image d'un journal de modes abandonné par sa femme dans le salon de l'appartement de petite taille qu'ils viennent d'acheter sur la cinquième avenue. Carlo frémit à la pensée de tant de clichés se contemplant. Mais il pensa aussi à Jacqueline Mikhaïloff, la collectionneuse de tableaux amie de Gossec et de Warhol, qui lui avait montré cette photographie : clichés peut-être, mais bien réels.

Le propriétaire publiait ces années-là dans la presse qu'il allait déménager, lui et toutes ses collections. Il n'exposait à la Villa Favorite que ses maîtres anciens. Il possédait autant d'œuvres du XXe siècle, qu'il ne montrait pas au public faute de murs pour les accrocher. Le gouvernement cantonal ayant fait comprendre qu'il ne débourserait rien pour offrir au richissime un nouveau musée qui serait un palais de plus, le départ de la collection fut décidé. L'Europe, en grand secret, défila à Lugano : un désastreux conseiller technique français au cabinet du ministre de la Culture à qui il fallut rembourser sa note d'hôtel, le prince de Galles en personne, érudit charmant qui caressa les plantes de la serre, des émissaires russes, amis de longue date, qui posèrent des questions sur le prince de Galles et ne regardèrent pas les tableaux, le nonce apostolique accompagné d'un inconnu qui était l'un des deux régents élus de la République de Saint-Marin, membre du parti communiste. Du beau monde. Contre tout pronostic, ce fut le roi d'Espagne qui emporta cette partie artistico-diplomatique – et l'on découvrit à cette occasion qu'il était peut-être homme de goût, ce dont nul ne s'était rendu compte à en juger par l'ordonnance de ses appartements à la Zarzuela. Carlo s'interrompit : « Je finis par être aussi bêtement snob que ma petite Marge avec mes discours de diplomate raté, et si je lâche un jour une phrase comme celle-là, et qu'elle est répétée, c'est un coup à ne pas être réinvité. » Carlo, pas snob pour un sou, on le voit, blêmit quand même. Ce bavardage mondain faisait taire ses angoisses, qui étaient revenues à l'assaut dans l'avion. Sa vie était aussi dispersée que les panneaux du Maître de l'Observance.

« Vous avez mal à la gorge ?

– Non, pas le moins du monde. Pourquoi ?

– Vous voyant rester si longtemps devant cette peinture, je vous croyais en oraison.

– Parce que San Biagio guérit les maux de gorge ? »

Carlo prenait pour règle de répondre comme à un vieil ami à toute personne inconnue qui l'abordait. Technique parfois fructueuse dans sa profession. Comme son interlocuteur avait l'air affable et d'en savoir long, il jugea que cela méritait d'engager conversation. Il expliqua qu'il ne toussait pas pour le moment, qu'il saurait, grâce à lui, à quel saint se vouer à l'approche de l'hiver, se risqua à avouer, l'air un peu gêné et à voix basse, ce qu'il faisait ici – ce tour d'Europe impromptu pour voir des peintures, on aurait pu le prendre pour un déséquilibré ou un richissime amateur – et parla du Maître de l'Observance.

Allemand ou Suisse, visage ridé autour des yeux, mèche blanche sur le front avec quelques fils blonds, l'homme habitait Lugano et venait tous les jours à la villa. Il ne se lassait pas de visiter ces salles. Rarement Carlo avait rencontré quelqu'un qui correspondît à ce point au type du vieillard bien mis : costume croisé d'un gris on ne peut plus foncé, chemise bleutée et cravate de grenadine outremer. Rien pourtant du vieux beau, plutôt quelque confrère diplomate retraité plus avancé en âge, auprès de qui Carlo pourrait prendre des leçons, un pur espion à la retraite. L'habitude de monologuer avait formé sa conversation en une manière de dialogue entre le père noble et son ombre. « Me méfier de ne pas finir comme cela », se dit malgré tout Carlo. Assis devant la villa, comme les derniers touristes partaient, on leur servit des rafraîchissements. L'homme affirma :

« Le Maître de l'Observance n'existe pas. »

Un temps d'arrêt, il sembla humer le vent qui couchait les arbres sur les rives. Carlo, interdit, sentait qu'allait venir la suite et se garda de l'interrompre.

« Vous connaissez l'histoire ? Vous êtes allé à Sienne ? On vous le dira là-bas. Il ne porte pas de nom parce qu'il n'existe pas. Vous avez déjà entendu parler de Bernard Berenson ? Américain pourtant, comme vous. Il vivait près de Florence dans une villa suspendue au-dessus de Fiesole, sur les collines. Settignano, la villa *I Tatti*. C'est maintenant un musée qui appartient à Harvard. Mais vous n'êtes peut-être pas de Harvard ? Yale ? Princeton ? Il y recevait ses amis du monde entier, posant un peu trop, selon moi, au patriarche de l'esthétisme. Berenson a d'abord été un garçon pauvre, à Chicago, je crois, non, Boston. Ses parents avaient émigré d'Europe centrale, son père faisait profession de ferrailleur et chaudronnier. Juifs pieux sans sou ni maille, plutôt indésirables en Lituanie à cette époque. Le mirage de l'Amérique agit. Le jeune Bernard Berenson fit de très brillantes études à Harvard, découvrit l'art. Il s'enthousiasma pour les italiens, Giorgione d'abord, en qui il voyait toute la Renaissance réfléchie en un miroir. Le goût pour les Siennois vint ensuite.

Ses camarades se cotisèrent et lui offrirent son premier voyage pour venir voir ce qu'il aimait, car on ne trouvait guère de bonne peinture aux États-Unis à cette époque. Nul mieux que lui n'a parcouru l'Europe, avec frénésie. Vous y passez quelques jours me dites-vous, et je ne saurais me moquer de votre pèlerinage passionné sur les pas de celui que vous appelez le Maître de l'Observance. Berenson y passa sa vie. À les traquer, les Sassetta, les Botticelli, les Ghirlandaio, Cima da Conegliano ou Vincenzo Catena, qui soit dit en passant est un peu, à mes yeux, un Cima da Conegliano du pauvre. Il en fit pourtant acheter un à madame Gardner, dont il a pour ainsi dire fait la collection. Vous êtes allé au musée Gardner de Boston ? Oh, allez-y, c'est un endroit incroyable. Je m'étais échappé il y a bien des années d'une conférence qui s'était tenue là-bas pour aller le visiter. C'est un capharnaüm, l'antre de l'antiquaire de Balzac n'est rien en comparaison. Imaginez-vous une fausse villa vénitienne, avec des proportions abracadabrantes, de vos briques rouges partout, des moulures, des stucs, des frontons récupérés Dieu sait où, deux palmiers tout étonnés de pousser au milieu de la cour. Madame Gardner y faisait accrocher en désordre les tableaux dont Berenson lui conseillait l'achat. Au centre de la pièce principale, un portrait d'elle. Le tout pris dans une telle gangue de boiseries, de fautes incroyables dans le mobilier, fauteuils à capitons, abat-jour en perles et autres merveilles de cette farine. Tout au contraire d'ici. On sent que cette collection se fait avec rigueur. Vous avez vu cette petite poterie de majolique placée sous un portrait de Memling au revers duquel on voit un vase presque semblable.

– C'est un peu "esthétique", ça ?

– Au contraire. L'esthétisme aboutit au bric-à-brac, au Fernand Léger accroché au-dessus d'une commode Boulle, mais vous savez cela aussi bien que moi (le visage de Carlo n'exprima rien). Non, tout ce qu'on pourrait reprocher aux agencements imparables du propriétaire de ces lieux, c'est que la majolique véritable rend un peu anecdotique le Memling, on ne peut pas s'empêcher de regarder l'un par rapport à l'autre. C'est diminuer l'œuvre en la mettant sur le même plan qu'une jolie cruche. Enfin, rien de comparable toutefois au Gardner Museum. Imaginez-vous que j'ai eu besoin de le visiter deux fois. Après un premier parcours des salles, j'avais l'impression de n'avoir rien vu : les capitons, les boiseries faites à la machine, les armures astiquées, les japonaiseries m'avaient caché les Rembrandt. Ce Vermeer si beau qu'on a volé l'année dernière ! Dans un tel encombrement d'objets, les gangsters y voient plus clair que le gardien. Et le Fra Angelico accroché dans l'embrasure d'une fenêtre, il faut se pencher pour le voir, je suis sûr qu'il s'abîme. Quel crève-cœur ! Comment peut-on tolérer cela deux minutes ? Dans son testament, Isabella Stewart Gardner a interdit qu'on déplace une seule œuvre. Ce qui vaut une jolie étiquette sur un *tondo* de marbre blanc : "Travail italien, début du XXe siècle" !

Quand un conservateur un peu avisé a voulu bouleverser l'ordre de ces choses, devinez qui il a eu contre lui : vos ligues féministes. On osait toucher à cette construction, entièrement voulue par une femme : comme si un musée c'était une œuvre d'art. Bien sûr, on a raconté bien des choses, qu'à la fin de sa vie Berenson avait négocié, dirions-nous, quelques attributions de complaisance. Est-ce si grave ? C'était aussi un marchand de génie. »

Carlo était un peu agacé. On le prenait pour un imbécile, il était sûr que Marge et lui auraient trouvé très beau le musée Gardner. Il se demanda si ce n'était pas ce petit vieillard qui avait volé le Vermeer de Boston dans un souci de salut public et de conservation du patrimoine de l'humanité, comme disaient, à Paris, ses collègues de l'Unesco. Au doigt de son interlocuteur, Carlo remarqua deux alliances, pensa « bigame » avant de se dire « un veuf ». Cela faisait si longtemps qu'il n'avait pas écouté parler un vieillard. Il n'était entouré que de jeunes loups. Le plaisir prenait le pas sur l'impatience. L'émotion amusée d'entendre ce petit homme parler le français en des phrases si longues, décousues, qui se perdaient, qu'il retrouvait comme par inadvertance, et ponctuait de « vous savez », à son adresse, pour lui, Carlo, qui ne savait rien.

« Mais j'en reviens, si vous voulez, à Sassetta et au mystère de l'Observance. Oui, vous vous souvenez, Stefano di Giovanni, "peintre siennois de la légende franciscaine", c'était au début du XXe siècle, dans les premiers numéros du *Burling-*

ton Magazine, les temps héroïques de cette grande revue d'art. Berenson, en quelques articles, attribua magistralement un ensemble de peintures qui, selon sa démonstration, revenaient à cet artiste de la deuxième génération de l'école siennoise, un peintre qui jusqu'alors n'était plus qu'un nom dans les textes. Un nom, d'ailleurs, que l'on aurait peine à trouver mentionné avant le XVIIIe siècle sous cette forme : Sassetta, "la petite pierre". On aurait pu aussi bien dire : "le Maître de la *Madone des Neiges*", du nom d'une de ses œuvres, celle que je trouve la plus belle. Des Sassetta, on peut en voir à Sienne, à la Pinacothèque naturellement mais aussi dans la collection Chigi-Saraceni. Il en reste un dans la villa de Berenson, et il y a dans la collection Contini-Bonacossi, à Florence – sur laquelle il y aurait tant à dire, qui vous intéresserait, parce que sans Contini, vous n'auriez pas eu la collection Kress qui fait votre fonds à la National Gallery de Washington – ma *Madone des Neiges*, où l'on voit un ange faire une boule de neige comme un enfant, c'est à côté du palais Pitti, un bâtiment qu'il faut se faire ouvrir, vous en avez au Louvre, à Munich, à Chantilly dans la collection du duc d'Aumale – une collection qui ressemble au Gardner en ce que l'on ne peut y déplacer aucun cadre. Le duc d'Aumale, le plus jeune fils du roi Louis-Philippe, en avait fait don à l'Institut de France au détriment de ses neveux qui n'avaient pas grande lueur intellectuelle. Cas de déshérence culturelle. On croise encore actuellement, paraît-il, dans les salles de Chantilly, les avocats de la famille d'Orléans qui viennent inspecter si l'on n'a touché à rien. Autrement, tout cela leur retournerait, imaginez un peu ce que cela représente aujourd'hui, l'héritage du duc d'Aumale, trois Raphaël parmi les plus beaux, et un Sassetta. Saint François d'Assise dans sa bure face à dame Pauvreté. Cela vaut une fortune. Du moins ainsi les collections du duc d'Aumale ne furent-elles pas dispersées. Lorsque la donation Contini-Bonacossi a été acquise aux Offices, Florence ne trouva rien de mieux que d'en faire vendre une partie. C'est ainsi que le beau plafond de Tiepolo, le *Triomphe de la noblesse*, est arrivé à Pasadena, en Californie, dans la collection d'un fabriquant de soda. Vous n'avez jamais visité cela ? »

Carlo ne l'écoutait plus vraiment. Il se laissait bercer par cette voix qui racontait des histoires. Il regardait le paysage.

« Dites-moi, je connais votre pays mieux que vous, on dirait. Oh, je ne la critique pas cette collection de Pasadena, on y note un effort de goût plutôt louable, mais ce n'est pas cela, comment vous dire, il y a toujours le détail qui ne va pas : pas tellement les *Bourgeois de Calais* dans le jardin à la japonaise à côté de la route, on s'y ferait je crois. Par exemple, cet homme possède un superbe Gauguin. Eh bien, vous ne me croiriez pas, il se trouve que ce tableau a servi de modèle à un timbre des postes françaises, et en dessous du tableau, il y a une petite vitrine pour le timbre, sur une "enveloppe premier jour", parce que cela vaut un peu plus cher, j'imagine. Croyez-moi, quand on a vu cela, il faut faire un bref effort d'abstraction pour admirer le Gauguin. Certains de vos compatriotes sont de grands enfants à nos yeux. C'est qu'il y en a, des Américains originaux, plus que tous les Anglais du club de Philéas Fogg. Tenez, le duc d'Aumale, il aurait mérité d'être américain. Ne dit-on pas d'ailleurs que son père, quand il était duc de Chartres, chassé de France par la Révolution, lui avait donné des demi-frères peaux-rouges lors de son séjour chez vous ? Le charme des naturelles, c'était la mode. Tocqueville, il le raconta à son meilleur ami Gustave de Beaumont, trouvait qu'elles ressemblaient bien peu à l'Atala de son bon oncle Chateaubriand. C'était pour cela qu'il s'était embarqué, la rencontre avec les naturelles aux environs de la cataracte de Niagara : il décrit son désappointement devant les premières indigènes qu'il rencontra, vieilles, édentées, les seins en gants de toilette. Il décida de se consacrer tout entier à l'écriture de *La Démocratie en Amérique*. Je n'ai connu qu'un Indien, très original, le seul je crois bien à avoir fait fortune, il se faisait passer pour un émir d'Arabie, mais cela ne trompait personne. Il était allé jusqu'à apprivoiser des dromadaires qu'il laissait batifoler partout dans sa villa de Newport, comme le petit Louis XIII, dans son palais du Louvre, avec le chameau donné par monsieur de Nevers dans la galerie du bord de l'eau.

– J'ai déjà entendu cette histoire. Vous vous souvenez de son nom ?

– Oh, il se faisait appeler je crois Al quelque

chose. Il se nommait plutôt Papagenou ou un borborygme de ce genre, sans doute d'origine grecque ou chypriote. Un Peau-Rouge criard tacitement reconnu, pris pour cible puis adopté par un armateur. On ne l'invente pas.

– Vous croyez qu'il vit encore ?

– Là vous m'en demandez trop. Je me souviens fort bien d'un dîner où, ivre mort, il parlait de ses bâtards ; il se souvenait d'avoir abandonné au moins sept filles. Il a sûrement une postérité aussi nombreuse que Louis-Philippe roi des Français. Mais j'en reviens à nos Sassetta. C'est assez difficile de les voir tous, ils sont dans des endroits parfois extravagants. Sans être aussi systématique que vous, j'étais heureux d'en rencontrer à l'époque où je voyageais. Or, voici qu'un jour un historien inspiré décréta que Sassetta n'était pas tout à fait Sassetta ; certaines œuvres, proches de sa manière, semblèrent, du jour au lendemain, ne pas lui appartenir. Elles étaient plutôt d'un de ses élèves, très proche de lui. Le seul "disciple de Sassetta" que l'on avait cru déterminer jusqu'alors, c'était Sano di Pietro. L'identifier avec le Maître de l'Observance aurait été trop simple. Ce qui n'empêcha pas, à l'inverse, de ranger sous l'étiquette *Maestro dell'Osservanza* certains Sano di Pietro un peu "marginaux". On arrive ainsi à une liste de tableaux, rejetés, groupés arbitrairement sous la "signature" d'un maître mystérieux. Tout est affaire d'appréciation. Pour moi, Sassetta, Sano di Pietro, Giovanni di Paolo, tous peintres de Sienne, ont eu chacun des disciples, tous se connaissaient, travaillaient ensemble, mais rien qui justifie qu'on invente un peintre précis qui aurait une œuvre à lui. C'est plutôt une production collective. Je conçois bien qu'un tel jugement, de bon sens, puisse jeter le discrédit, bien à tort, sur certaines peintures. Alors, va pour le *Maestro dell'Osservanza*, c'est de surcroît un nom qui va bien à ces panneaux, graves, précis. Les objets, vous le savez, valent par le regard porté sur eux. Un conseil : apprenez à regarder, faites-vous l'œil. Pour cela, il faut vieillir et voyager ; vous penserez à moi lorsque vous atteindrez mon âge. Et d'ici là, Carlo, stricte observance.

– Ainsi, selon vous...

– Je vous le répète, le Maître de l'Observance n'existe pas, c'est une commodité de langage entre érudits, comme certains pays sont de pratiques expressions géographiques inventées par les diplomates. Votre voyage n'est pas pour autant inutile. Car votre retable de l'Observance, qu'il soit de Sassetta, de Sano di Pietro ou de tel autre élève qui travaillait dans leur entourage, demeure une œuvre à part entière. Je ne l'ai jamais vu, je connais le panneau de Budapest, un peu terne peut-être, celui de Washington, celui devant lequel nous avons engagé conversation ce soir. Il me manque les autres, à commencer par l'Observance de Sienne. Si j'avais votre âge, je me laisserais bien tenter par votre promenade jusque là-bas, mais je crois que je me contenterai des livres. Tenez, je suis heureux de vous offrir celui-ci. »

Sans commenter, Carlo prit le livre sous le bras.

Il continua à bavarder, sans laisser paraître aucun trouble.

*

Ce n'est qu'à la fin de leur conversation que le vieil homme se risqua à ajouter, comme s'il avait craint d'être importun :

« Je n'aimerais pas trop que l'on déplace cette collection, encore que... Regardez comme sont belles ces rives, et ces barques à l'horizon. Même s'il n'y avait pas ici d'œuvres d'art... »

À la fraîche, dans ce silence, Carlo cherchait à donner un visage à ce Maître de l'Observance qui n'existait pas, sur les traces duquel il s'était lancé de toutes ses forces. Il imaginait un vieux moine, avec la bure de saint François, qui peignait des fresques en priant et qui pleurait quand il devait finir une crucifixion. La longue barbe du saint Antoine de Yale, un peu voûté, et le sourire, le visage malicieux, du petit homme en costume gris qui faisait des phrases en face de lui. Son contact à Lugano.

Si son interlocuteur était devenu peintre, Carlo imaginait qu'il eût adopté le style de ces vieux maîtres de Sienne, qu'il eût figuré de ces paysages compartimentés qui font sentir l'odeur des routes de Toscane sans y être jamais allé, champs en losanges, oliviers torves, montagnes semblables aux graviers des chemins, et ces visages aux os saillants, ces personnages aux doigts si fins, des branches de peuplier. Le dernier disciple de Sassetta, le Maître de l'Observance enfin incarné – être de papier mué en être de chair –, ç'aurait pu être lui s'il n'avait négligé de peindre.

« Vous pourriez commencer à peindre ? Ici, venir sur cette terrasse face au lac, sans bruit, avec des toiles et des pinceaux ?

– La nature n'est pas assez belle, vous croyez ? »

Il aurait peint en vain – c'est du moins ce que comprit Carlo. Il toussa, recommanda son âme à Dieu et sa gorge à saint Blaise. Carlo se laissait aller à la torpeur, tandis que le vieil homme causait. Le voyage reprendrait demain. Louer une voiture laisse des traces : pour Budapest, Carlo prendrait le train. Carlo avait envie d'immobilité. Tous ces secrets à transporter finissaient par lui peser. Le vieil amateur de peinture ne lui avait parlé ni de son idée de la mort, ni de ses maladies, ni de lui-même, ni de religion, ni de ses souvenirs de collège, d'aucune guerre ou blessure. Il n'avait même pas posé de question indiscrète. Il faudrait noter cette conversation douce pour la relire à soixante-dix ans. Le soleil se couchait sur le lac, les arbres ; Carlo pensa à la baie de San Francisco, qui lui faisait toujours l'effet d'un lac italien, en plus noir. Une de ses amies vivait là-bas dans une maison proche de l'eau. Le soir, le pont s'illumine et Carlo regrette immanquablement de ne pas avoir d'enfants pour le leur montrer. Il pensa un instant à Marge et à sa maison de Newport. Mon Dieu, lointaine ! Voulait-il se marier avec Marge ?

S'ils passaient un jour à San Francisco, il prendrait un prétexte pour aller à Los Angeles, jusqu'à Pasadena, afin de visiter la fondation du roi du Soda. Si, par exemple, ils y allaient pour le premier de l'an, il suffirait de dire qu'il voulait voir la fête des roses, qui est à Pasadena ce que le Palio est à Sienne, et on lui ficherait la paix. Allait-il commencer à courir maintenant tous les musées du monde ? « J'espère bien que non pensa-t-il, ce serait le divorce, en plus du mariage à prévoir. »

Les nuages, qui venaient de Sienne, ne cherchaient pas à se courber pour se montrer parallèles à la ligne de l'horizon. Les montagnes n'étaient ni ocres ni grises, la surface de l'eau en se ridant ne faisait pas de petites ondulations régulières, aucun champ cultivé ne présentait à l'œil le parallélisme de ses sillons. C'était si rare qu'il regardât un paysage. Carlo contemplait ce coucher de soleil comme s'il avait eu à le peindre. Le calme l'envahissait ainsi qu'une armée étrangère avance en pays ennemi. Il n'était au centre de rien. En vacances. En mission, mais il commençait à penser que c'était peut-être, aussi, pour son propre compte.

Chapitre 5

Saint Jérôme à Budapest

J'ai de l'appréhension dans les choses qui paraissent certaines.

Jacques de Voragine, *Saint Jérôme*

Arrivé à Budapest par la gare, noire et sale, un dimanche, il trouva la cité déserte. Le Maître de l'Observance n'existait pas, il devait en aller de même des habitants de cette ville. Les amis de Marge l'avaient tellement fatigué, à un dîner où ils se disputaient pour savoir s'il fallait préférer Pest à Buda ou le contraire. Les habitants de Washington, à les en croire, se partageaient en deux insupportables catégories, ceux qui prônent l'éminence de Buda, ceux qui tiennent pour Pest. Carlo se souvint de s'être juré le soir même de n'y jamais mettre les pieds. Bon, le mal était fait. C'était un jeu. Il espérait l'étape suivante. Il l'atteignait avant le jour.

Le Parlement battait, dans la catégorie « gothique », la tour de Saybrook, le collège de ses études à Yale ; Carlo s'étonna que le néo-médiéval de l'Ancien Monde pût faire moins illusion que celui du Nouveau. Comme si les architectes s'étaient donné ici moins de peine dans ce vraisemblable contexte – alors qu'à Yale, pour déguiser le gymnase en cathédrale, que de prouesses ! Personne n'en riait tant l'exploit paraissait respectable. Quand le soleil passait à travers les ogives, après la douche, on se sentait si bien. Un donateur, pour se tenir sans doute dans la stricte tradition, avait voulu offrir une cathédrale ; comme on comptait déjà cinq églises, et que l'on manquait de salles de sport, il avait fallu composer, on n'avait épargné aucun souci historique. Les Hongrois s'inspiraient du Parlement de Londres, comme si la double monarchie pouvait s'habiller à l'anglaise. On avait bâti un grand hall métallique plaqué de pierres, que l'on sentait prêtes à se fissurer. Carlo imagina la tour Eiffel prise dans une écorce qui lui donnerait l'aspect de la flèche de Chartres, avec en sus des verrières, des gargouilles, des clochetons, le dôme de Cristal Palace, ajoutés plus que de raison – et le ciel bleu coiffant tout ça. Carlo ne connaissait rien non plus à l'architecture.

Sa torpeur n'allait pas tarder à être secouée. En attendant, il errait sur les rives du fleuve, cherchant le musée. Il comprit vite qu'ainsi il ne trouverait jamais. Une femme surgie de ces rues vides s'approcha de lui et parla en anglais. Jolie, bel accent, les yeux noirs. Elle fit un dessin du métro, sur un carnet acheté par Carlo pour se faire de la monnaie, et un sourire. Cette fée disparut dans l'instant.

Carlo imagina, dans une rue de Washington, ce que pourrait donner ce dialogue à l'envers. Une

Américaine disant : « Je vois que vous êtes hongrois. » Ou bien : « Vous, vous avez l'air Tchécoslovaque – le tout en tchèque ou en hongrois –, si vous voulez aller au musée de l'Espace toucher la pierre de lune, il faut prendre à droite jusqu'à une grande avenue... » Il entra dans le métro, plein d'amour pour la Hongrie qu'il ne connaissait pas, mais où il se trouvait des citoyennes si aimables. Son angoisse du matin avait disparu. Il pensa à son ami Jan qui était mort sans qu'il l'ait revu.

Les dalles brillantes du plafond lui laissèrent croire qu'il était dans une immense salle de bain. On lessivait à pleins seaux. Les gens réfugiés là comme si l'on bombardait la ville. Puisqu'il n'osait pas les regarder en face, Carlo, dans le métro de Budapest, laissa des rêves glisser sur lui. Il se souvint de son premier match de polo à l'université. Il n'avait pas joué depuis longtemps. Les impressions du premier match, il n'oublierait jamais. Il y avait eu droit après six mois d'entraînement et des soirées entières, grotesques, à faire du cheval de bois et à renvoyer la balle sur les murs incurvés de la salle d'exercice. Heureusement que personne ne le voyait. Il n'en riait pas à l'époque. Puis le match, avec les autres, même s'il n'était pas aussi bon cavalier qu'eux. Et le jour où Luis Losada en personne, ce personnage de roman, leur avait remis la coupe. Jan n'avait jamais voulu essayer d'entrer dans l'équipe.

Le petit mouvement du poignet, la secousse quand le maillet frappe la balle, sensation d'une justesse parfaite, mécanique : bruit du plectre qui pince la corde d'un clavecin. On arrive toujours à l'entendre, ce petit bruit dans le vacarme. La bousculade, les coups d'épaule que se donnent les chevaux. Vous sentez que vous allez marcher sur l'adversaire, que votre bête piétinera la sienne. Les arrêts brusques, à temps. Excuses brèves pour une faute ; pas moi, mon cheval. Le dos du cheval qu'on suit, les arêtes vives sous la peau. Les ordres qu'on s'échange, en espagnol avec un accent terrible, pour faire croire à ceux d'en face qu'on a des Argentins dans l'équipe. De quoi rire. Au polo, Yale battait sans peine Harvard et Princeton, qui n'ont pas d'écurie à eux et qui ne peuvent s'entraîner hors des matchs. Carlo jubilait en y repensant, pour se juger stupide aussitôt après. Les sept minutes de chaque manche passaient à toute vitesse. Sur le banc, la sueur n'avait pas le temps de sécher, on remontait en selle. Le terrain était passé à la herse si l'on jouait à l'intérieur ; trois minutes d'impatience supplémentaire. Carlo préférait la pelouse.

Un vrai joueur de polo doit connaître son cheval, l'avoir vu grandir ; l'idéal : l'avoir dressé soi-même. Eux ne jouaient que comme des collégiens. Ils rêvaient tous de l'Argentine, des poneys que l'on forme à obéir à la moindre pression des jambes, de leur apprendre à tourner sans les toucher avec les mains, sans les rênes, l'équilibre, la patience, les pays de la pampa et les fêtes qu'organisaient les cousins d'Antonio. Dans les tribunes, on laissait toujours sa place à Timothy le clochard.

Un jour, ils iraient tous ensemble passer un an dans une ferme. Jan avait dit qu'il viendrait. Maria-Luisa, la cousine d'Antonio, n'arrêtait pas de les inviter.

Carlo, qui n'avait pas son pareil pour la prospective, qui prédisait les bouleversements planétaires aussi sûrement que d'autres les éclipses, découvrait que l'on pouvait prendre plaisir à se souvenir. Piètre historien, de marbre à l'idée du passé, sa propre vie ne le portait guère à la nostalgie ou aux regrets. Se souvenir, pour lui, c'était se lamenter, se plaindre, cesser d'imaginer l'avenir. Révélation que le passé aussi peut se rêver, comme un petit panneau peint avec un fond d'or et des bleus de lapis-lazuli, que l'on peut se laisser aller au songe – des vies qu'il n'avait pas connues. Se superposaient alors Washington où il était chez lui, Prague où il allait, l'énigmatique Observance dans les environs de Sienne, but de son voyage, ce qu'il avait vu de Budapest, de Lugano, de Paris avec Marge, de Buenos Aires, qui avait cessé d'être une des capitales du monde et où il n'irait probablement jamais. Les images de toutes ces villes formaient une cité monstrueuse dans son imagination, le Pont-Charles enjambait le Potomac, le Capitole de Washington, bâti sur les ruines de celui de Rome, se reflétait dans le Danube et superposait son image au château des rois de Bohème. Cette ville construite avec toutes les autres était à lui : c'était Sienne, il le savait maintenant, à l'époque où peignait un inconnu mystérieux qui n'avait pas même laissé de nom dans l'histoire des hommes, vers 1430, le Maître de l'Observance. Il vivait sa petite légende dorée.

Dans ce monde qu'il venait de construire, où rien n'avait l'air vrai, Carlo était chez lui. Patrie nouvelle, espace à sa dimension, où il croisait ses camarades de collège, Marge, Irène, Jan, ses parents, Tim, George et Antonio, sa vieille équipe, les chevaux qu'il aimait tant monter, ce qu'il laissait derrière lui, continent plus complexe que l'Europe, grosse pomme plus grouillante que New York. Sa vie, pleine à craquer, s'était matérialisée sous ses yeux. Le passé venait de prendre forme. Son histoire s'était incarnée. Les peintures qu'il avait vues, celles qu'il allait découvrir, n'avaient été faites que pour lui.

*

Il entra place des Héros. Beau nom, conforme à ses dispositions d'esprit. Il émergeait à peine du métro et de ses songes. Des chevaux, on en voyait toute une écurie, statufiés sur le monument qui occupait le centre de l'esplanade, statues de glorieux Magyars dont Carlo ne chercha pas à savoir s'ils étaient communistes, princes, hongrois, huns – cavaliers en tout cas, mêlée d'un peu toutes les époques, mélange d'équipe de polo et de bal costumé. Pas eu le temps de se changer. Certains, avec leurs moustaches et leurs turbans paraissaient si farouches qu'on les sentait hommes à avoir fait vœu de ne se vêtir que des dépouilles de leurs ennemis – ce qui compliquait l'identification. Une cavalcade de carnaval.

Carlo, comme il se moquait de l'histoire, n'insista pas. Il se félicita en revanche de ses facultés d'observation en choisissant celui des deux temples grecs bordant la place qui était le musée. Il avait identifié le fronton en mosaïques du dépliant. Sur la photo, sans spécialement noter les mosaïques, il avait enregistré. Les capacités de son intellect lui donnaient, de temps à autre, de ces petites satisfactions. Pauvre Carlo.

Dans le gymnase gothique de Yale University, la salle d'entraînement de polo n'était pas facile à trouver. Perdue dans les étages, au fond d'un dédale de douches et de vestiaires, c'était aussi le lieu de leurs réunions secrètes. Ils avaient fait faire des clefs pour s'y retrouver la nuit. La vie de campus, c'est aussi une vie de rituels et de messes noires. Ce fut la fin de leur amitié, le début de leur dispersion. Carlo n'y repensait pas sans terreur. Au centre de la salle capitonnée, sans fenêtres, le cheval de bois était devenu leur totem, devant lequel chacun prêtait serment. L'endroit où ils avaient caché leur trésor. Ils avaient scellé leurs rêves d'avenir dans les entrailles de l'animal. À l'intérieur de ce cheval de Troie, le butin de la société secrète devait largement financer leur été en Argentine, la récompense après le diplôme. Bien sûr, un jour, le trésor disparut. Une petite fortune. Tous devenaient suspects : Antonio, Jan, avec ses airs de petit saint, justement, Tim, le plus dépensier, George, parce qu'il était le plus drogué,

Dylan, le plus sage mais qui venait d'acheter une Jeep et passait ses week-ends à Cape Cod. La seule chose dont Carlo était sûr, c'était de sa propre innocence. On pouvait aussi soupçonner Timothy, Sarah, Rebecca, leurs petites amies à tous, le gardien du gymnase ou l'homme de ménage. Carlo évitait d'y penser. Un vrai mauvais souvenir.

Dans son esprit, il savait que trois chambres ne devaient jamais être ouvertes. L'enterrement de ses parents, l'enterrement de ses parents adoptifs, et la découverte de ce vol qui avait été comme une troisième fin d'enfance. Quand il se sentait près de frôler un de ces trois souvenirs, Carlo avait envie de sortir de lui-même, d'adopter une identité de substitution. Marge l'aidait beaucoup à ne plus penser à tout cela. Dans ses bras, il oubliait. Ici, seul, cela revenait, remontait. Le musée de Budapest communiquait avec ses trois chambres secrètes.

Ce musée de peinture cachait une statue. Carlo, comme il ne s'arrêtait devant aucune toile avait bien été obligé de la remarquer. Pour ne pas détonner, c'était un cheval, pour ne pas dérouter, il n'avait pas de cavalier. Un petit cheval en bronze. Rien ne permettait de le dater, la notice était en hongrois : une statuette de Leonardo da Vinci ? *Monna Lisa*, quelques inventions farfelues, jamais entendu dire qu'il avait fait des statuettes. Le cheval, à demi cabré, lui sembla mal proportionné, le cou trop gros, mais beau à en frémir. Carlo se promit de se documenter.

Combien de temps qu'il n'était plus monté à cheval ? Le temps manquait. C'était Carlo qui piaffait et écumait d'impatience. Dans la même salle, il reconnut du premier coup le tableau du Maître de l'Observance : même taille, même couleur, même « genre » que les autres. Il commençait à avoir l'œil. Le vieil homme de Lugano pouvait être fier. Il retrouva quelques notes de *La Gioconda* de Ponchielli, il s'arrêta au début d'un air. La suite ne lui revenait pas.

Saint Jérôme se révéla cousin de saint Antoine : même crâne long, visage mince et creux, une barbe cette fois noire et courte. Le saint posait dans un amas de roches, à l'entrée d'une grotte. Le rocher imitait bien les pâtés de sable de son enfance. Il chassa l'idée. Le saint semblait posséder en tout et pour tout sur Terre un livre, du papier, une plume, « tout ce qu'il faut pour écrire », deux pierres, la compagnie d'un lion et un immense chapeau rouge. On reconnaissait bien un intellectuel. Grave, triste, les yeux au ciel – c'était la nuit, et le Maître de l'Observance avait découpé des étoiles dans la feuille d'or où il avait pris l'auréole. Carlo pensa à ses collègues du ciel, les « satellites-espions » qui se déguisent en étoiles. Sur le fond d'outremer, des points brillants composaient des constellations qui n'existaient pas. À moins que les astres, depuis le lointain XVe siècle, eussent déplacé leur ordonnance – et l'astronomie, ajouta mentalement Carlo, comme la peinture...

Devant le tableau un copiste travaillait. Exercice difficile : regarder seulement le vrai tableau, s'obliger à ne pas le comparer à la copie et transformer son émotion en jeu des sept erreurs. « J'imagine qu'il n'y a pas longtemps qu'on tolère des copistes ici. À moins qu'au contraire, l'accès de tous à l'art dans les démocraties socialistes, etc. Se renseigner. » Il ne peignait pas mal.

Carlo, tellement tendu, ne finissait pas ses phrases. Il voulait voir ce saint Jérôme. Éliminer les autres idées, les autres images, les bruits. Tout à coup, avec effroi, il entendit une voix qui susurrait :

« Vous avez vu comme tous les tableaux sont ternes ici. Dans les pays de l'Est, on n'a pas restauré toutes les toiles comme chez nous depuis vingt ans, où je dirais même que l'on a décapé, et en Angleterre peut-être encore plus. Ici, tout est encroûté dans les vernis jaunes du XIXe siècle, sauf leurs Greco, mais on les a vus à des expositions en Occident, vous avez remarqué dans la salle d'à côté, les couleurs de la *Madeleine pénitente*, ces bleus ! Mais tout le reste, même pour moi qui suis une profane, ça choque vraiment. »

C'était Irène.

Plus jolie quand même que dans sa mémoire, plus sûre d'elle que jamais, elle devait tout savoir et pouvait à coup sûr donner leur nom à chacun des cavaliers de la place des Héros. Pour certains, elle connaissait peut-être même des dates. Carlo eut un frisson. Son dos se hérissa. Irène, plus jeune qu'à Washington l'année d'avant. Plus joyeux que de raison, il s'avoua le nombre de fois où, depuis son départ, il avait pensé à elle. *Gioconda.*

Il ne s'attendait pas à la voir, mais il n'en était pas surpris. Il s'était menti à lui-même : dans quelle mesure n'était-ce pas pour la fuir qu'il était venu jusqu'ici ? S'il fuyait, n'était-il pas légitime qu'elle le poursuive ? De sorte qu'inconsciemment, depuis le début du voyage, il s'attendait à la retrouver. Pas pris au dépourvu, il attaqua :

« En mission ?

– Si l'on veut...

– Une seule question, si vous permettez. Est-ce vous Irène qui avez demandé à être désignée pour me pister ?

– Oui bien sûr. »

Elle sourit. C'est tout ce qu'il voulait savoir. Ils avaient parlé français et il lui avait dit *vous*. Il l'entraîna vers la sortie tout en l'interrogeant sur le petit cheval de Léonard de Vinci. Avait-il jamais eu un cavalier ? La statue équestre d'un fantôme, pensa-t-il sans le dire, tandis qu'elle se lançait dans une explication sur le rôle de la famille Sforza à Milan à la Renaissance. Il l'entraîna sans trop savoir vers le mur d'arbres contre lequel butait la place des Héros ; ils franchirent la grille d'un parc d'attractions.

Carlo restait malgré tout intrigué. Invoquée, pas invitée, elle était venue quand même. Il avisa un bassin sur la droite. On louait des barques. Il en prit une : pour parler tranquille. Pas moins de cinq employés municipaux en costumes rouge et vert se précipitèrent pour les aider à la mettre à flot. Ils montèrent. Ce fut lui qui éclata de rire. Guère plus d'un mètre d'eau, des lampadaires de place en place sur ce qu'ils avaient pris pour un étang. La patinoire de Budapest : on la rentabilisait en cette saison chaude en y installant des barques. Au bout de la rame, la dalle de ciment. Il n'y avait, autour d'eux, que des familles de touristes qui se soient laissé prendre. Dans les bras de son père un enfant hurlait des mots d'allemand, la mère souquant avec courage vers le débarcadère. Il rama pour les fuir en direction d'une pâtisserie architecturale qui, sur la rive d'en face, parmi les saules, jouait au château fort. Irène parlait de la main-d'œuvre employée pour faire fonctionner ce jardin, trop nombreuse, comme les gardiennes du musée tout à l'heure.

« Je suppose que ce n'est pas pour me faire un exposé sur la situation de l'emploi dans les pays de l'Est, chère collègue, que vous êtes venue me rejoindre en ce beau soir d'été au centre de la patinoire fondue de l'antique capitale des rois de Hongrie ?

– Vous êtes parti de Washington brusquement. On vous a vu à Lugano vous entretenir très longuement avec l'ancien ministre des Affaires étrangères de (elle nomma l'un des pays baltes, mais à cette date Carlo, qui en ignorait encore presque tout, se demanda seulement en quelle année, d'avant-guerre sûrement, ce vieil homme avait pu exercer cette fonction, et il oublia le nom du pays, et le nom du vieil homme, qu'Irène avait prononcé, un nom torturé et impossible à retenir).

– Le hasard et l'amour de la peinture.

– Où allez-vous maintenant ? Bratislava nécessairement. Riga ? Vilnius ?

– Qu'est-ce que vous êtes allée échafauder ? Je vais à Prague pour visiter le Musée national. Vous vous rappelez du Maître de... Et puis, cela ne m'amuse plus, je vous laisse ramer. Vous êtes sûre que vous n'avez pas envie de marcher plutôt ? Je vous raccompagne à votre hôtel. Vous êtes bien descendue dans un hôtel ? »

Carlo ne savait plus quoi dire. Une idée lui vint : « Si je ne m'étais intéressé à tout cela que pour mieux me souvenir d'elle. » Il n'osa pas lui en parler, d'ailleurs c'était sans doute faux. Le plus récent et le plus imprévu de ses amours, l'amour de la peinture, devait rester pur. En dehors du « travail », des contacts, de la transmission des informations. Elle se taisait. Que venait-elle faire à côté de lui sur cette place où d'un seul coup, comme c'était le soir, il faisait froid ? La présence d'Irène était absurde. Aussi absurde que toute cette équipée – pour un observateur extérieur. Ses doigts glaçaient, elle regretta ses gants, remarqua que Carlo n'en portait pas. Il était plutôt du genre élégant, en manteau bleu.

En quittant le parc, ils aperçurent, à l'autre bout de la place des Héros, c'est-à-dire très loin, le copiste, qui transportait son matériel et la planche de bois, emballée dans du journal, où le saint Jérôme devait être encore inachevé. Le Musée venait de fermer. Carlo allongea le pas, rejoignit l'homme – le temps de traverser l'interminable esplanade, il pensa : pouvoir emporter les tableaux sous son bras, je prendrais mes cinq panneaux dans une malle à tiroirs, et j'irais les rapporter à la basilique de l'Observance, je les disposerais en frise sous le grand retable, histoire de juger l'effet d'ensemble – et lui parla :

« Excusez-moi, vous êtes artiste ?

– Et vous, vous êtes américain. C'est gentil d'avoir appris le tchèque.

– Je peux continuer en anglais ?

– Bien sûr. Vous désirez ?

– Je vous ai vu tout à l'heure dans le musée, c'était vous, n'est-ce pas ?

– Oui monsieur. Je m'appelle Théophile Zdounek, je suis d'une famille polonaise. On dit Théo, comme le frère de Vincent Van Gogh. J'ai lu ses lettres en français. J'aime cette langue.

– Moi c'est Carlo. J'aimerais vous parler de votre travail, je le trouve fascinant. On peut parler français si vous préférez.

– Vous aimez la peinture ?

– Depuis peu, mais avec passion.

– Quel genre de peinture ?

– Madame est avec moi. Irène, Théo me parle de sa peinture. Ce que je préfère ? Les peintres siennois du XVe siècle, enfin je crois. En particulier celui que l'on a baptisé “le Maître de l'Observance”.

– Je pense que je peux vous intéresser. Vous avez du temps ?

– Irène ? Oui ? »

L'atelier de Théo le copiste remplissait à ras bord le dernier étage d'un immeuble qui paraissait à l'abandon. La cage d'escalier, coque vide, ne laissait pas présager l'entassement des deux pièces. Rien pourtant de l'antre de l'alchimiste : toiles en attente bien rangées, classées comme dans un laboratoire, tableaux finis et retournés, chevalet où séchait un Carpaccio qu'Irène reconnut comme celui de San Giorgio Maggiore à Venise, éprouvettes et bouteilles de toutes les couleurs, aucune tache, aucun gaspillage, ordre et beauté. Une odeur de paraffine. Le soleil avait tapé toute la journée sur la verrière du toit et l'on avait l'impression d'une atmosphère épaisse, vernie, de flots de feu, une fournaise de lumière. Le mystère de l'endroit tenait aussi à ce que s'y affichaient les mêmes œuvres que tout à l'heure, dans le musée. N'y manquait que le *Cavallo*. Théo faisait les honneurs, comme le docteur Faust accueillant Méphisto et Marguerite dans son cabinet de travail. Mais ce n'était pas Marge, c'était Irène. Avec Carlo qui se tenait près d'elle.

« Prédelles, tableaux de chevalet, retables complets, fragments de fresques, alors ici, tout est faux ?

– C'est selon.

– Selon quoi ?

– Selon la personne à qui c'est vendu.

– De nos jours, un faux tableau, ça ne peut plus tromper, il existe des laboratoires, des analyses chimiques des toiles, je ne sais pas moi. C'est fini, l'époque où l'on pouvait fourguer au musée des croûtes passées au four de la veille. Enfin, je crois. »

Pour toute réponse, le peintre prit la main d'Irène. Il y cassa un œuf.

Comme il ne sourit pas, elle resta imperturbable, et l'homme commença à parler. Il déballa le paquet de journaux, montra son travail du moment, tendit à Carlo la planche de peuplier. Il n'avait pas pensé qu'elle était si lourde et faillit la laisser tomber. Le tableau du Maître de Sienne, inachevé, presque fini. L'enduit de préparation perçait encore dans certaines zones du ciel, l'auréole n'avait pas reçu sa feuille d'or. L'œuvre semblait abîmée : prête déjà pour un musée. Carlo se sentit ému de pouvoir toucher la peinture, autant que s'il s'était agi de l'original. Il passa sa main sur la surface, caressa les arbres, effleura les pieds rugueux de saint Jérome. Tout en parlant, Théo ouvrit de petites boîtes, mélangea deux sortes de poudres bleues. Un terroriste qui mettait la dernière main à un explosif. Il disparut dans sa cuisine, revint avec un verre d'eau. L'expression passionnée qu'Irène prenait avec un œuf au creux de la paume n'aurait pas déparé la beauté de Marge. Elles avaient sans doute deux ou trois manières en commun. Si Marge pouvait être ici. Tous les éléments du mélange réunis. Carlo allait comprendre le secret des vieux maîtres italiens. La peinture à la *tempera*.

« Tenez, si cela vous amuse, je vous laisse opérer, cher monsieur. Il faut d'abord percer l'œuf.

Tendez votre main, madame s'il vous plaît. Vous, vous n'avez pas l'air d'une Américaine. »

Irène précisa le nom de l'île de l'archipel des Sporades d'où était venu son père. L'artiste avait l'air de connaître. Carlo, pendant qu'elle évoquait la Grèce, doucement, mélangeait les pigments. Un peu d'eau, de temps en temps ; avec son index, il sentait le grain de sa peau. De la poudre de lapis-lazuli. On y voyait de petits éclats brillants, sporadiques. L'œuf virait au bleu, le coloris se créait. Carlo tournait très doucement son doigt. Elle cessa de parler pour regarder. Leurs visages s'approchèrent. Il sentit son souffle. Irène avait la mer Égée au creux de la main.

La détrempe au point, on la versa dans un godet d'émail. L'index de Carlo quitta la paume d'Irène. Devant eux, le peintre appliqua cette couleur, à toutes petites touches, sur la ceinture du saint. Il parlait en peignant. Il avait obtenu l'autorisation de copier à l'époque des plus beaux jours du communisme : il suffisait d'avoir été dans la bonne école d'art et de s'engager à modifier légèrement les proportions du tableau. On n'avait même pas l'impératif de laisser le travail au musée jusqu'à son complet achèvement. Quitte ensuite, à l'atelier, c'est ce qu'il faisait maintenant, à reprendre les dimensions, copier la copie : un faux de faux aurait plus de chances de devenir vrai. Puis, tout un réseau s'était monté, pour écouler la production, pour lui procurer les matériaux – le lapis-lazuli venait de Nouvelle-Zélande. Irène se passionnait, s'efforçant de s'éponger les mains sans interrompre. Théo montrait avec méthode les œuvres qui séchaient à plat au fond de l'atelier : un *Saint Thomas d'Aquin en prière* de Sassetta, un *Jugement dernier* de Fra Angelico, un *Mariage mystique de sainte Catherine* de Giovanni del Ponte, un *Saint Némésius* de Spinello Aretino, un diptyque de Niccolò di Buonaccorso, une *Vierge de l'humilité* de Taddeo di Bartolo. Il leur donnait ces noms magiques, détaillait les plis du manteau de la Vierge, semé d'étoiles, les fleurs du jardin qui l'enfermait. Carlo se disait que son vieil espion balte de Lugano serait content.

« Certaines de ces peintures ne résisteraient pas à une analyse un peu poussée, d'autres... Tout dépend de ce que veut le commanditaire, exactement comme à l'époque. Le plus beau est ici, derrière ce rideau. Vous savez comment on fabrique un Giorgione ? »

Carlo ne voyait pas très bien à quoi cela pouvait ressembler. Il ferait des fiches aussi sur Giorgione. Parmi les toiles « terminées », il repéra une femme nue allongée, une peinture du XIXe siècle qui détonnait parmi les autres. Celle-là était vraiment réussie, elle avait un bel air ancien et authentique, mais ce n'était pas de cette belle dormeuse que Théo avait envie de leur parler. Il découvrit un paysage, plus large que haut, sur bois également, des arbres aux feuilles étincelantes, une ville avec des colonnes et des temples bleus, le ciel vert, un lac et un homme qui passait, petite silhouette au fond. La lumière traversait tout. On aurait pu sentir le vent, deviner que c'était le soir, imaginer de la musique. Sur la gauche, deux rêveuses à la fontaine.

« Presque authentique : au départ, il y a trois ans, on m'a donné un vrai paysage vénitien datant de vingt ans après la mort de Giorgione, en plein dans son style et peut-être de l'un de ses élèves. Vu par le grand Berenson en 1916, très encrassé, repeint en jaune et vert, passé au vernis marron en 1880, oublié sur le mur d'une villa de Vicence. Berenson, autorité absolue, en parle dans une lettre, sans se prononcer. Aucune photographie n'est prise du tableau à l'époque. Il le décrit brièvement. Dans une autre lettre, vingt ans après, fausse celle-là, il dit qu'il aimerait le revoir et laisse passer sous sa plume le nom de Giorgione. On la publiera quand le tableau sortira. On a réussi à retrouver, dans un livre de sa villa, une page du papier à lettres de Berenson à cette époque. J'ai imité son écriture, avec une encre de l'entre-deux-guerres. J'ai commencé par tout nettoyer, pour restituer uniquement des éléments anciens. Puis, je l'aide à devenir un Giorgione, j'ajoute un peu de bleu à la selle du cheval, je mets de la lumière dans les branches, je sors de ce ciel plat les couleurs de la campagne après l'orage, je déshabille ces deux femmes, je trace des fils clairs dans leurs cheveux, je donne de l'éclat au regard du jeune cavalier, j'offre à cette ville un petit lion de Saint-Marc peint sur le crépi d'une tour, comme un emblème, je l'annexe à la Sérénissime. J'aime cette peinture. Jamais le vrai Giorgione, reprenant le travail d'un élève, n'y aurait mis autant d'amour. Si Giorgione n'était pas mort si jeune, c'est lui qui l'aurait fait à ma place. C'est bientôt achevé, je ralentis, pour le garder un peu plus longtemps avec moi. Puis, ce sera l'étape des vernis. Une autre science. Pour illuminer l'œuvre. Ensuite, il faudra bien que je la quitte. »

Carlo le faisait parler pour retarder le moment où il serait à nouveau seul avec Irène.

« Celui qui est là-bas, je l'ai copié pour me faire plaisir, l'original qu'ils exposent au musée est un faux bien reconnaissable, je pourrais même vous dire qui l'a fait, à Naples avant la guerre.

« Vous comprenez, je veux un jour devenir un vrai peintre. Grâce à mon travail que vous voyez, j'ai le plaisir de peindre, c'est plus de la moitié du chemin. Un plaisir authentique, même si c'est celui de mentir. Peindre, je sais déjà, mais être peintre, trouver du nouveau... Tous les peintres, les plus grands, quelqu'un comme Gossec, pour citer le plus grand parmi les vivants, commencent comme moi, en faussaires. Pas pour tromper, faute de pouvoir être collectionneurs. Je ne trompe personne. Je pourrais, abandonné sur une île déserte, la transformer en musée, la peupler en quelques années de toutes les plus belles peintures du monde, celles que j'ai en tête, dont je me souviens. Et qui seraient uniques, à moi, de moi, pour mes propres yeux. C'est pour posséder toutes les œuvres des autres qu'un homme commence à peindre. On n'est pas artiste si l'on n'a pas cette envie de se faire son propre musée, sa collection.

S'approprier, apprendre par cœur, comme on recopie dix fois une poésie. Après, ou même pendant, on passe à autre chose, quitte à conserver, autour de soi, à soi, ces toiles. Regardez. »

Le carnet bleu de Jan, c'était cela : une collection de pastiches pour rire et devenir un écrivain. Il faut oser commencer à écrire ou à peindre : même en pensée, Carlo n'osait qu'à mots couverts tracer son propre portrait. Une image trop ressemblante lui aurait fait mal, car il se sentait capable de se réussir, du premier coup.

En sortant de chez Théo, Carlo regretta de n'avoir pas pensé à acheter sa copie du Maître de l'Observance. Il l'aurait installée dans son appartement de Washington. Il l'aurait prise, rien que pour le plaisir de la sentir peser entre ses mains. Puis il aurait ôté de sa chambre tous les autres ornements.

Dans le taxi, Irène le pressa de questions. Par provocation et parce qu'elle ne croyait pas un mot de ce qu'il débitait, ce discours si bien forgé à son propre usage. Il fut sincère, c'est-à-dire qu'il raconta tout ce qu'il osait se dire à lui-même depuis le début de cette semaine. Il s'intéressa. Il expliqua que lui aussi se comportait en collectionneur. Elle fronça le sourcil. Il retraça son voyage, son récent amour de la peinture, d'une seule peinture plutôt, cette œuvre en morceaux. Le dossier le concernant, qu'elle devait avoir vu, n'en parlait sans doute pas. Elle se moqua, fit la pédante, parla du mythe d'Orphée démembré par les femmes de

Thrace et autres cuistreries. À son tour, elle lui prit le bras et dessina des cercles dans le creux de sa main. Aussi lentement que lui dans l'atelier : une invisible couleur bleue naissait dans sa main ouverte. Cette histoire de tableau éclaté à travers le globe n'avait pas l'air de la séduire. S'il avait choisi cette autre prédelle, celle à laquelle appartenait le panneau aux diablotins de Yale, dont on exposait un fragment en Australie au musée de Melbourne, peut-être se serait-elle découragée. Il aurait aimé faire l'expérience. Il se tut. Ce fut pire. Ses cheveux noirs et frisés sentaient bon, il se fit reproche de le remarquer. Cette fille faisait des efforts – vains car il n'aimait pas les brunes. Elle glosa sur leur visite au peintre et se demanda s'il deviendrait jamais un véritable artiste. Sans rire. Fougueusement, Carlo, qui en avait assez, l'embrassa.

Il inscrivit sur le registre de l'hôtel Mr et Mrs Smith, New Haven, Connecticut, U. S. A. – guère fier de lui, à y réfléchir. L'hôtel international, où tout le monde parlait anglais, avait dû en voir de ces espions de passage et plus encore de passades secrètes. « Il se trouvait qu'il avait toujours sur lui un passeport à ce nom. » On lisait cela dans les romans de son enfance. « Personne ne pouvait savoir qu'ils étaient ici. » Aucun spectateur. Sans témoin, sans complice, ils allaient vivre ça pour eux deux. Irène n'avait pas vraiment des traits de madone. Il pensa pourtant : me voici le Maître de la Madone Smith. Il se trompait.

Chapitre 6

L'Enfant Jésus à Prague

Or le bœuf et l'âne fléchirent le genou pour l'adorer.

Jacques de Voragine,
La Nativité
de Notre Seigneur Jésus-Christ

Au réveil, sa chambre dévastée. Son sac de voyage tailladé au canif. Ses affaires avaient volé dans tous les coins. Il ne s'était aperçu de rien. Quel âne. Irène l'avait endormi, cambriolé, joué, possédé. Jusqu'aux revers de ses pantalons, tout avait été décousu, démonté, fouillé. Heureusement, elle n'avait pas touché à son dernier stylo. Il ne doutait pas qu'elle ait trouvé quelque chose, un microfilm oublié ou un sachet de drogue qu'elle aurait déposé elle-même. Son témoignage vaudrait toujours contre le sien. Il n'avait rien à dire. Il regarda tomber la pluie. La femme de chambre à laquelle il demanderait du fil et une aiguille témoignerait de la réalité de la perquisition. Le livre laissé par son ami balte, heureusement, il l'avait oublié, avec le guide du musée, chez Théo. Il suffirait d'aller le chercher tout à l'heure avant le train, puisque l'atelier du peintre se trouvait à côté de la gare. Pauvre Irène. Il n'y avait rien à faire. Juste tenter de s'habiller, acheter un parapluie et partir. En espérant qu'il ne la reverrait pas. Elle était laide, petite, décidément prétentieuse et nuisible. Quand cette fille parlait, on croyait toujours qu'elle faisait une imitation, tellement elle avait une voix insupportable. Carlo, nu, pleurait : les larmes qu'il n'avait pas versées à l'enterrement de Jan, à l'accident de ses seconds parents, à la première déclaration d'amour que lui fit Marge, venaient ensemble. Secoué, à bout, il se tordait contre le matelas. Pour que rien ne manquât à la scène, un orage éclata, beau comme le Giorgione de Théo, le faussaire de Budapest.

Le vent soufflait dans la gare. Le sol en goudron charriait une eau sale et personne n'achetait de bananes au petit marchand qui s'était installé là. « Autant fuir, se dit Carlo, je sécherai dans le train. »

Il s'effondra, pantin aux ficelles cassées. Mal installé sur la banquette, il pensa : « J'ai l'air d'un *teen* qui fait son tour d'Europe. » Il s'ébroua, se regarda, Nike aux pieds, vieux jeans, ne manquaient que le sac à dos et la carte Interrail. Deux filles entrèrent dans son compartiment, au centre d'un vieux wagon tchécoslovaque peint en kaki, avec des rideaux jaunes aux fenêtres, qui allait de Budapest à Prague depuis trente ans. Les observer, en tirer une théorie pour passer le temps – il avait besoin de ce baume. Aucune musique ne venait remplir son cerveau. Il chercha un air. Rien ne venait. Son opéra intérieur faisait relâche.

Les étudiants américains visitent l'Europe comme un parc d'attractions grandeur nature. On prend le train. En quinze jours, on court de Vienne à Copenhague et de Madrid à Venise avec la même facilité que du train fantôme à la maison de Pinocchio. Il faut, à Prague, goûter toutes les formes de goulasch, voir la tombe de Kafka et se faire photographier sur le Pont-Charles, comme à Venise on prend le *vaporetto*, le bateau-mouche sur la Seine. Pour ceux qui restent un peu plus, on recommandera les arènes de Vérone, le festival d'Aix pour un soir, une matinée au Liechtenstein, le lac de Starnberg pour écouter le vent souffler du Wagner, ou, le fin du fin, la croisière sur un bateau ami devant les côtes yougoslaves, les îles de Hvar et de Mljet – avec le petit tremblement : s'il y avait la guerre. On revient bronzé, on fait envie dans son collège à la rentrée de septembre. L'Europe se joue comme un jeu de l'oie, une fête foraine, avec des baraques de luxe et des stands de tir où dépenser l'argent de ses parents – boutiques de Bond Street ou de la rue Cambon. On a fait mille efforts pour parler la langue du pays où l'on se trouvait, de son interlocuteur : souci qui honore la jeune mentalité américaine sensible à la question du respect envers les minorités. Mais là encore, rendre visite aux minorités là où elles sont majoritaires, chez elles, n'y a-t-il pas de quoi frissonner de bonne conscience ? Signaler si fort, par ses habits, son allure générale, que l'on est un

Américain des States, est-ce que ce n'est pas aussi pour se désigner comme minorité, offerte à la moquerie et aux conseils des indigènes ? N'a-t-on pas plaisir à cet âge à se grimer en Juif errant – de ville en ville et le guide bien épais pour Bible ?

Carlo tortura les deux filles en les obligeant à parler italien – elles venaient de Harvard et ne s'en tiraient pas trop mal, avec quelques mots de français au hasard des phrases, l'accent du Sud cimentant le tout. Carlo ne trouva même pas cela drôle, ni charmant. Il n'arrêtait pas de penser au tableau qu'il allait voir, il se moquait bien de Prague, de ses petits restaurants si typiques où quinze paires de Nike se retrouvent pour bâfrer la même assiette de ragoût à la sauce rouge au nom imprononçable conseillé dans le manuel : *Párek y rohliku*. Il se demanda si à Prague il trouverait un marchand de stylos et si les plumes tchécoslovaques seraient dignes de sa collection.

Cette fois le Maître de l'Observance s'attaquait à un sujet difficile : le petit Jésus dans la crèche, c'est-à-dire le visage de Dieu. Comment avait-il fait : un bébé trop gras, comme la plupart des peintres ? Carlo ne rit même plus, ferma les yeux comme s'il s'endormait, face aux deux filles soulagées qui pensaient qu'enfin il allait se taire. Il pensa : « Un agent dormant. »

Il n'en pouvait plus. Même les petites tracasseries infligées aux autres ne le vengeaient pas du mépris éprouvé pour lui-même. Même le dédain qu'il témoignait à ces deux filles ne le distrayait pas de la haine qui croupissait au-dedans de lui. Pauvres innocentes, et lui pauvre type.

Dans cette aventure lamentable, il ne se reconnaissait que trop bien. Il commença la liste de ses défauts. Vanité, dissimulation, maladresse, snobisme démodé, manque d'esprit d'aventure – ah ! la « mentalité pionnière » ; elles, les deux d'en face, devaient en déborder. Il y fit correspondre la litanie de ses échecs. Sarah qu'il avait joué à aimer, pour se donner un peu de lustre, sur le campus, devenue claveciniste de renom – il n'avait jamais pris très au sérieux ses pianotages –, Jessica, la première secrétaire qu'il avait eue à Washington, Karen, sénatrice du Texas, militante des droits des femmes, avec laquelle il était resté quinze jours espérant qu'il ferait carrière à côté d'elle, Marge, la femme de sa vie, avec laquelle il se sentait tant en commun et à qui, la semaine passée, il n'avait plus rien eu à dire. Et hier, Irène. Une erreur. Il prospectait : quelles éventualités lui restait-il pour les jours à venir ? Pas comme conquêtes féminines bien sûr, plutôt comme chances de survie. Pendant que les deux filles du train seraient à Venise cherchant à se loger dans le quartier de Cannareggio, Marge sur la route de Washington, Irène au diable, dans quel coin de l'Europe irait-il traîner ? Le premier avion le conduirait au fond de la Chine, il n'aurait qu'à s'y consacrer à l'architecture des temples ou aux porcelaines. Réciter les dynasties. Veule depuis toujours, menteur, hâbleur, arriviste comme tout le monde, mais depuis peu, voulant parvenir, sans vraiment savoir où, il n'était pas capable, dans ce train d'Europe centrale, d'imaginer qu'il pût changer de direction. Carlo se mit à trembler. Il appuya au creux de ses épaules pour se calmer. Il se fit mal et les frissons ne cessèrent pas.

Une idée : retrouver Irène, se venger. « Si tu veux Irène, prépare-toi à la guerre. » Nécessité : la poursuivre. Elle n'avait pas dû rentrer aux États-Unis, elle avait filé à l'ambassade de Budapest. Il descendrait du train à Bratislava. Elle avait prononcé ce nom, pourquoi ? Oui, c'est là qu'elle devait être, Bratislava. Escomptant peut-être qu'il s'y arrêterait. Du coup, il imagina que c'était elle qui le pistait. Il n'y comprenait rien. Quelque chose lui échappait. Il s'échappait.

Pourquoi continuer ce voyage ? Il l'ignorait, mais, à travers la confusion de ses pensées, l'envie de voir le tableau était la seule qui surnageât. Les yeux clos, il revoyait les peintures du Maître de l'Observance. « Quand on n'a jamais aimé l'art et que l'on n'y connaît rien, pourquoi tombe-t-on amoureux d'un tableau ? »

Faire un effort pour se concentrer sur cette idée. Une planche de salut. En bois de peuplier, coupée, taillée et poncée à Sienne vers 1400. En faire une idée fixe, pour que toutes les autres idées deviennent mobiles, et s'en aillent.

Ou alors pour que tout ce qui se bousculait en lui vienne s'agglutiner sur cette idée : voir un panneau de bois peint par un inconnu à la Renaissance ; désir, d'un type nouveau pour lui, sans doute éphémère, que les autres idées, et les désirs qui pourraient lui rester, viennent s'y coller comme des mouches, s'y précipitent ; qu'il n'ait plus, ce désir singulier une fois satisfait, qu'à se débarrasser du tout. Oublier d'un bloc. Ne plus voir Irène, ne plus se demander où se trouvait Marge, ne plus s'intéresser à la peinture, ne plus collectionner ces saints jamais vénérés, ne plus revenir sur les lieux de sa jeunesse, ne plus entendre ses disques dans sa tête, s'interdire tout pèlerinage, accompagner peut-être de temps en temps Marge à Newport, pour lui montrer combien il l'aimait. Et avoir la paix. Comme il avait eu Irène. En silence.

Le matin, arrivée à la gare de Prague. Il avait laissé filer Bratislava pendant la nuit. Il pouvait très bien se passer d'Irène. S'il n'était pas descendu à Bratislava, c'est que ce n'était pas de la passion. Une foule d'habitants de la ville proposait en anglais des logements. Carlo ne s'attarda pas. Son obsession : trouver la Galerie nationale. Les salles d'attente en bois avaient encore un grand air d'Europe centrale, les bureaux du tourisme, flambant neufs, s'ornaient d'un portrait en noir et blanc du président. Un poète, auteur de pièces de théâtre. Il devait faire lui-même ses discours. Le vacarme empêchait Carlo d'avancer vers la sortie.

Confusion des langues, brouillard au-dessus de lui. Comme un saint Jérôme affolé qu'on aurait transporté dans Babel, Carlo passait son temps à traduire. D'une langue dans une autre, il mélangeait tout, dans les mêmes phrases. Où pouvait-on avoir du café ?

Revoir l'image d'Irène. Il écrivit le texte d'une comédie où il se laissait le beau rôle, composait le personnage d'un Carlo séducteur qui aurait expliqué à Irène qu'il devait partir, que leur aventure ne pouvait pas avoir de suite. Comme il n'avait pas déjeuné, l'estomac vide, il croyait d'autant mieux à sa farce et trouvait la lumière de Prague plus jolie que celle de Budapest. Que serait Sienne ? La Toscane ? Il voyait en rêve, tandis qu'il marchait, les traits de son visage, les lignes de ses mains, mais c'était sans y penser, sans que parvienne à la surface de son esprit le remords de l'avoir séduite ou le regret de l'avoir laissée. Il devait partir, elle le savait. Elle aurait compris qu'elle devait cesser de le suivre. Il se moquait de la mission qu'elle prétendait avoir. Il n'arrivait même pas à comprendre le discours tout prêt, la vulgate qu'il s'inventait, son esprit rempli de brume autant que l'immense place où il arrivait. Au fond, la statue de Jan Hus l'hérétique transperçait le matin comme s'il était à son bûcher.

Carlo n'en avait cure, comme de toutes les formes du protestantisme bohémien, du concile de Constance, de ces vieilles maisons trop maquillées, la maison de l'alchimiste, l'horloge astronomique et autres curiosités. Il traversa. Il sourit. Cela le brûlait moins. Il pensa qu'il avait continué malgré lui à jouer à l'espion de cinéma, dans un de ces films embrouillés où l'on ne comprend pas tout – sa vie, vue sous l'angle le plus favorable, au bénéfice du doute – et où l'agent double charmeur tombe dans les bras de la créature lâchée à ses trousses. Le décor de l'Europe de l'Est, les lacs italiens, un ministre balte incognito, la promenade au parc d'attractions. Enfin, c'était à peu près cela, *mutatis mutandis* – l'expression latine favorite du père de Marge quand il voulait assimiler des choses qui n'avaient rien à voir, pour la beauté du raisonnement. Il se ressert alors un verre de brandy et juge de l'effet sur son auditoire. Carlo aurait aimé organiser une rencontre entre le père de Marge et le vieux ministre balte – il imagina leur colloque sur le ton de Jan mimant la conversation du prince de Valdat son grand-père avec son confesseur jésuite.

L'avenir. Il enviait à Marge sa famille. Fils abandonné, issu de nulle part, déposé par hasard aux rives d'un continent qui n'était pas le sien, Carlo avait vogué, enfant posé dans une corbeille d'osier ; recueilli, il avait grandi sans rien apprendre, juste avant de redevenir orphelin pour la seconde fois. D'où sa culture anarchique, sa fortune imméritée, ce savoir de bric et de broc que l'éducation de Yale n'était pas venue consolider, ses hésitations, ses ignorances, ses infériorités face à une femme comme Irène, orpheline, grecque, chypriote, pauvre, laide et curieuse.

Bien sûr, il ne savait rien de Prague. Il arriva aux pieds du *Hradshin*, hésitant, incertain, intimidé, sans savoir qu'il imitait en cela Chateaubriand venu de France rendre hommage au roi en exil. On ne peut pas avoir tout lu. Il traversa le pont fameux dédié à son saint patron. On y jouait de la musique entre les statues. Un peu tôt, pour Carlo. Il reviendrait, le soir tombé, s'il avait envie de noter des impressions de voyage. Il avait laissé son guide à Budapest, la reliure démontée, les gardes incisées au scalpel. À quoi bon ?

Avec anxiété, il chercha la Galerie nationale. On la lui indiqua à la boulangerie. Il bougonna : « Alors quoi, ce n'est pas vrai qu'il faut faire la queue dans les boulangeries à Prague ? » Tous les passants qu'il croisait avaient un journal à la main. Peut-être un événement, la guerre ? La paix ? Le monde pouvait faire ce que bon lui semblait, sans lui. Son dégoût croissait à chacune des marches qui mènent à la forteresse, la ville haute, *le château*.

Que faisait Marge ? Il ne l'avait même pas prévenue de son absence. Il avait dû lui indiquer, en passant, les dates de ses vacances, mais il ne lui avait rien précisé. Elle devait être rentrée de Newport. Il imagina, avec méthode, ses sentiments et ses actes : elle avait téléphoné, s'était inquiétée, était passée chez lui, avec toujours un double de la clef dans son sac.

En esprit, depuis Prague, Carlo cambriola son appartement de Washington.

Son bureau, acheté à la boutique du musée d'Art moderne, son lit trop petit, son désordre, ses livres étalés comme en exposition, sa lecture française du moment, *Moravagine*, la gravure achetée à Paris et encadrée à Greenwich Village, l'appareil monstrueux qui lui permettait de faire de l'aviron dans son couloir, et bouchait le passage pour entrer au salon : elle aurait vite fait le tour, ne trouverait rien d'abord. Mais elle, vorace, était du genre à insister. Elle allait commencer par lui perdre la page du livre. Puis inspecter. Il avait laissé, en prévision de cette scène, le double de la liste de ses destinations sur la table de nuit. Si elle l'avait trouvée, si elle avait pris l'avion elle aussi, si elle avait cherché à le rejoindre...

Marge volait sur ses traces. Du genre fine, elle ne laisserait pas passer d'indice – ils finiraient bien par la recruter un jour ou l'autre, si ce n'était déjà fait. Peut-être l'avait-elle vu avec Irène hier. Il étouffait.

Il entrait peu à peu dans les pensées de Marge. Il est notable que l'amour d'un homme pour une autre femme peut briser un couple. La haine d'un homme pour une autre tout autant. Il avait trop haï Irène pour que son amour pour Marge ne s'en ressentît pas. C'était sûr. Alors peut-être que s'il avait voulu faire le geste d'aimer Irène, c'était afin que l'amour pour Marge n'eût à pâtir de rien. Il savait Marge assez futée pour deviner cela d'elle-même – si elle l'avait vu hier avec Irène.

Jusqu'à quel étage de ses pensées était-il capable de se mentir ? À l'évidence, Marge n'imaginerait jamais que, par pur amour d'elle, il eût pris sans sourciller une chambre d'hôtel à Budapest au nom de Mr Smith avec une petite Grecque new-yorkaise. Il ne fallait pas exagérer.

Il chercha à téléphoner chez Marge. Pas de réponse. De là à l'imaginer ici, entre le Pont-Charles et la statue de Jan Hus... Il ferma les yeux : les yeux fermés de Marge, son visage, ses joues, ses gestes quand elle parlait de peinture chinoise enfoncée dans son canapé.

Irène avait passé la nuit à parler d'elle, à raconter. Ils s'étaient endormis au lever du soleil. Elle avait dû seulement fermer les yeux. Les rouvrir, saccager, partir, l'affaire de cinq minutes. Lui s'était réveillé une heure après. Elle lui avait offert le récit de sa vie, dans cette chambre désolante où ils s'étaient enfermés. À moins qu'elle n'ait tout inventé. Les prétendues aventures d'Irène. Il fallait qu'il les chasse au plus vite de son esprit. Lui aussi était une « aventure d'Irène ».

Quelle idée de se dévoiler, la pauvre – enfance, amours, ambitions – avant de le piéger. Encore heureux que cette petite séance d'analyse terminée elle ne lui ait pas réglé son compte définitivement. Au couteau, l'estocade. C'est lui qui avait commencé, juste après les étreintes :

« Qu'as-tu fait depuis un an ?

– Un enfant qui s'appelle Karl. »

Et elle avait commencé à le saouler de paroles. Mère depuis deux mois. Quand elle eut fini de raconter sa vie, elle imagina celle de Karl, puis elle recommença la sienne. Sa laideur se recomposait. Il prenait du recul, détachait ses yeux de ses mains.

La folie d'Irène le rendit plus attentif à ce qu'il y avait de bizarre chez Marge. Son énergie, son absence de discours narcissique, son affection pour ses parents, son ironie. Il comprenait ces deux femmes l'une par l'autre. Ce qu'il avait haï chez Irène lui donna des raisons d'aimer Marge. Carlo résista à la tentation de renverser, pour voir, la proposition. Et si Irène était une amie de Marge, envoyée par elle en service commandé, pour décider enfin Carlo à faire sa demande en mariage ?

La Galerie nationale se trouvait sur la place qui donne entrée au *Hradshin*. Passée la cour, l'escalier élégant et les portes des salles en bois précieux, on pénétrait dans les collections tchécoslovaques, qui dureraient plus longtemps que la Tchécoslovaquie. Les primitifs italiens ouvraient la marche. Carlo ne dépassa jamais la première salle. Les deux filles de Harvard sortaient déjà en parlant de Picasso. Elles firent celles qui ne le voyaient pas.

Dès le seuil, Carlo repéra le petit panneau de bois peint. Le dernier – à moins que la liste ne soit pas complète, auquel cas, la recherche se compliquerait. Il écarta l'hypothèse, pour le moment. Si un jour il découvrait, chez des amis anglais à la campagne, un petit morceau de bois couvert de teintes sombres oublié au mur d'une chambre du deuxième étage à côté du téléphone, et pouvait crier à la face du monde : voici un chef-d'œuvre inconnu du Maître de l'Observance ! On le saluerait comme un spécialiste et au moins sa vie aurait-elle servi à quelque chose. Comme il ne lui restait, pour l'instant, qu'une de ces peintures à découvrir, Carlo détourna les yeux et s'obligea, avant d'arriver jusqu'à elle, à faire le tour méthodique de la salle. Il ne regarda rien vraiment, ne prit pas garde aux sujets des tableaux et moins encore aux noms des artistes, examina des visages au petit bonheur, rendit certains sourires, saisit des expressions au vol.

Le gardien sur sa chaise avait le visage et l'œil vague du vieux Timothy le clochard ; un peu moins marqué par l'alcool, un peu moins triste, souriant, endormi. Celui auquel, quelques jours plus tôt, il avait pensé en évoquant Paul, le prince, grand-père de Jan. Ce roublard de Timothy, clochard rencontré devant le collège à une distribution de soupe. Les œuvres de messieurs les étudiants. Jan avait tout de suite compris qu'il avait l'âge de celui qui, en Europe, pensait à lui. Il rêva. Son faux souverain d'aïeul laissant sa place à ce fauxjeton de Timothy. Le vagabond devenu leur ami, le prince obligé de mendier. Quand Jan lui servait ses lentilles on avait à chaque fois l'impression qu'il se débarrassait de son droit d'aînesse. La chaise du gardien, cannée, une chaise de bois dans une chambre, étonna Carlo : lui qui venait de rêver aux vallées du Kent et aux charmes des maisons britanniques. Que venait faire ici cette vieille chose ? Prague ne doit pas encore avoir de « mobilier de musée ».

Il avait peur de voir apparaître, reflété par la vitre protectrice, le visage de Marge, comme il avait vu se dessiner, en surimpression sur saint Jérôme, celui d'Irène. Son histoire, des plus convenues : même pas celle de l'homme qui passe d'une femme à une autre, ou de celui qui se fait berner, qui peuvent être drôles. Le schéma, bien connu, du couple incertain de lui-même qui s'offre une récréation. Avant de tomber définitivement dans les bras l'un de l'autre. Restait à espérer que Marge avait eu le temps de le tromper. Et qu'elle n'était pas tombée sur quelque homologue mâle de la petite Grecque. Il le souhaitait autant pour Marge, bien sûr, que par un reste d'habitude de singer l'orgueil masculin. De quoi pouvait-il encore être fier, après la nuit de Budapest ? D'avoir pensé à oublier ce livre, transmis par son contact de Lugano, chez le faussaire ?

Rebattue et triste, cette semaine, qu'il venait de s'offrir croyant s'accorder une récompense, lui montrait son propre visage, lisse, sa mèche plate, sans expression, vieilli et terne. Sa lucidité, ses dons d'observateur appliqués ainsi à lui-même le dégoûtaient encore plus. Il n'avait pas été capable de vivre cela naïvement, pour rire, quitte à n'en être pas dupe. Il se trouva d'un sérieux à vomir.

Enfin, il arriva devant le morceau de bois peint qui justifiait son voyage. Il le contempla plus intensément encore qu'il n'avait regardé les autres. Il s'abîmait devant lui. Il effaçait de son esprit tout ce qui entourait cette œuvre si fragile.

Tout glissait dans sa vie, tout bougeait, en cercles, en tourbillons, en cascades, en pluies torrentielles, il y avait ses morts, ses amis, les vagues du monde extérieur sur lesquelles il partait sans rien prévoir : le seul objet fixe que le hasard lui avait fait trouver était cassé en cinq petits morceaux. Plus un grand tableau, un autel à Sienne. Il faisait voler les écrins : cette salle, le palais, Prague, la Bohème, la Tchécoslovaquie, les avions, les trains, sa vieille voiture de sport et le reste de la planète. Respiration lente, sans écho, les bras croisés, le regard droit. On l'aurait fait marcher sur des braises. L'orage, celui de Budapest que le vent avait apporté, marquait l'instant à coups de tonnerre.

Il gommait de ses souvenirs tout ce qui pouvait concurrencer les cinq peintures, qu'enfin il avait toutes vues. Avec celle qui restait, dans la basilique de l'Observance.

Le seul cadre qu'il trouvât digne d'elles, ce fut son esprit absent et l'univers méthodiquement déserté.

Cet effort d'abstraction lui fit prendre conscience du vide. Sans vertige, il se trouva seul. Regard en avant, regard derrière lui : ce fut la vanité de son existence qui, en un éclair, lui tomba sur les épaules.

Chapitre 7

Le Maître de l'Observance

Les choses amères prends-les pour douces, et méprise-toi toi-même si tu désires me connaître.

Jacques de Voragine,
Saint François

L'immense tableau sur l'autel reléguait au rang d'enluminures un peu grandes les cinq panneaux de la prédelle. Carlo sortit son carnet et son Omas. Pas besoin de relire. La pénombre de la basilique de l'Observance ne le gênait pas. Il se souvenait de tout. Même du soleil sur la petite route, dehors, et de la rumeur de Sienne en fête. Les caravanes de chameaux dans les jardins de Newport qui longeaient l'océan, l'inquiétude qui le prenait dans les rues vides de Budapest, son quartier de Washington dont il connaissait chaque façade. Tous les lieux communs qu'il débitait à longueur d'année. La conversation surannée du vieux Balte de Lugano. L'Europe d'autrefois. Les États-Unis, son vieux monde à lui. Ce continent qu'il découvrait. Et la peinture. Tous les lieux nouveaux d'où il venait, qui tous le conduisaient ici – il relut tout de même, pour avoir sous les yeux, détachée de lui, cette liste de noms qui contenait tellement de formes.

Personne dans la nef. Carlo respirait car il avait fini par se convaincre que Marge était partie à ses trousses. Elle aurait pu venir l'interrompre au moment auquel il tenait le plus. Marge et peut-être l'autre. Bah ! Sur un côté de la chapelle, il avisa une porte de bois, qu'il poussa. Entre les piles de missels, il trouva la rangée d'interrupteurs. Au hasard, il appuya sur deux ou trois boutons, le retable s'illumina. Soigneusement, Carlo repoussa la porte, ferma les yeux pour les rouvrir. Une cathédrale en réduction, tout en couleurs, bleue et or, rouge et vermeille.

Jamais dans tous ses livres – les pavés de sa bibliothèque, ses bonnes intentions culturelles, les encyclopédies de Marge sur l'art oriental – il n'avait trouvé ce que lui avaient offert ces tableaux. Une brûlure. Ils lui avaient donné le monde, comme l'on dit, et lui, avait couru le monde pour eux. Il comprenait mal cette frénésie. Jamais il n'avait été un intellectuel. Il avait lu n'importe quoi pour le plaisir de lire et de se regarder lire, pas compris grand-chose – pour cette sorte de plaisir de ne pas comprendre un roman russe en russe, le manuel d'Épictète ou une élégie de Properce dans une édition sans traduction. Il cherchait à impressionner. Il s'était snobé lui-même. Pour la peinture, c'était autre chose. Il avait tout cherché avec méthode. Il s'était limité.

Une œuvre. Il avait été exhaustif. L'œuvre tout entière. Cinq planches dispersées, qui servent de socle à ce monument de peinture qui trône, à l'abri dans cette chapelle. Tentation de tout comprendre. Faire le tour d'un cercle – selon sa manière de penser, dont Jan se moquait déjà. Et il n'en avait pas parlé. Même Marge n'en avait rien su.

Autour de lui, il croyait voir suspendus les cinq panneaux du Maître de l'Observance, chacun portant avec lui un peu de ses pays, la poussière d'or des chemins qui, au fil des siècles, les avaient éloignés de Sienne, les forêts de Bohème, les cerisiers du Potomac, la pelouse de la cour de son collège où il avait joué au base-ball. Il n'avait jamais vu qu'elle ressemblait à celle d'un couvent, avec sa bordure d'arcades et de bancs en pierre. Il revivait les heures de toutes ces journées, l'année qui s'était écoulée depuis la National Gallery et la première rencontre avec Irène, la semaine en Europe, le désordre de sa chambre d'hôtel à Budapest, la poursuite, la fuite, l'avenir, les années qui viendraient où il emporterait ces cinq talismans avec lui. Ce tableau d'ici, qui lui semblait sans prix ni limites, sixième de cette série qui ne le quitterait plus. Avec ses personnages sur un fond de feuilles d'or.

Il retrouvait, en majesté, qui faisaient cercle elles aussi, en union autour de la Vierge, les hautes flammes des corps de saints dont il avait vu figurer les miracles sur les panneaux de la prédelle. En quelques instants, il identifia leurs attributs, reconnut leurs têtes, de vieux amis. Saint Jérôme, saint Blaise, saint Antoine, saint Côme et saint Damien formaient une petite équipe qui l'attendait. Sur le fond d'or, ils échappaient à l'anecdote, au récit du prodige. Ils s'offraient nimbés de la Gloire du Ciel, plus grands et simples. Des attitudes de sculptures sur bois, posées devant un rideau tissé du plus précieux métal, infranchissable, gestes sans mouvements, drapés mouillés et graves. Leur immobilité plus forte que celle des statues, leur raideur plus persistante que celle des cadavres, leurs sourires plus figés que les veines des pierres. Filons de marbre, mains effilées aux doigts secs qui se désignaient entre eux. Ils n'avaient pas l'air de parler, ni même de se voir, encore moins de le regarder lui. Le Maître de l'Observance ne peignait plus de saynètes, mais, ici, de hauts personnages, debout. Dans le silence, Carlo se dit, seul dans la basilique froide, que l'on appelait cela, pourtant, une conversation, une « sainte conversation », lorsque la Vierge, en paix, trône au milieu de quelques saints – le peintre Théo le leur avait expliqué, à Irène et à lui. Ils ne disent rien. Comme l'on devise sans doute au Paradis. En un autre langage.

Carlo comprit seulement alors le sens de ces cinq petites scènes qu'il avait tellement admirées. Ce qui les liait entre elles, sur une ligne horizontale, quand elles étaient encore ici, rangées en bon ordre, comme une frise, sous le grand tableau d'autel, dans un cadre qui n'existait plus ; les rapports qui s'établissaient, à travers elles, mystérieusement, entre saint Côme et saint Antoine, placés l'un à côté de l'autre en bas, uniquement parce que dans la partie haute ils voisinent autour du trône sacré. Ces saints en désordre qui ici-bas ne s'étaient pas rencontrés, que des paysages différents isolaient, séparaient, dans des moments éloignés de l'histoire, se retrouvaient côte à côte, parce qu'ils ont tous leur place marquée là-haut, nulle part, là où il n'y a plus ni paysage, ni petites maisons rouges, ni arbres ni chemins, ni même d'espace : rien d'autre que l'éternité où l'air qu'on respire est de l'or.

*

En bas, les saints semblaient avoir détaché de ce Royaume des Cieux – qu'ils n'étaient pourtant pas censés connaître encore – un petit fragment, qu'ils avaient emporté avec eux et qui leur allait comme un cadre : leurs auréoles, parcelles d'or incrustées au milieu du ciel bleu. Ces élus promenaient déjà autour d'eux la lumière qu'on respire dans le jardin des délices, assurés de leur sainteté, certains du succès de leur futur martyre. À moins, pensait Carlo qui divaguait de plus en plus, que tous ces cercles d'or aient été invisibles aux saints eux-mêmes : peut-être qu'il n'y avait que leur entourage – le bœuf, le lion, les petits lapins, le porcelet de la veuve – à s'en rendre compte, et ils s'entendaient entre eux pour n'en rien dire. À moins que seul le peintre, qui n'avait pas vécu toutes ces époques, qui n'avait vu ni saint Jérôme, ni la jambe du Maure, ni saint Antoine, ni l'âne, ni la veuve, ni le porcelet, ait reçu le don de percevoir ces nimbes, ces ombres de Gloire, et s'autorisait à les reproduire pour que nul après lui ne l'ignore – par ordre de ces instruments de Dieu qu'avaient été les commanditaires de l'œuvre, les petits frères de l'église de l'Observance, qui, dans cet artiste inconnu, venaient de trouver leur maître.

Ici il avait vécu. Ici le Maître de l'Observance avait existé. Ici, il s'était promené dans les montagnes, il avait regardé les fleurs et les herbes, il avait cherché à dessiner le vent. Carlo voyait ses traits ridés, il leur donnait l'expression malicieuse des petits vieillards secs qui avaient jalonné sa route : Timothy le clochard, le prince Paul, le Balte de Lugano. Il ajouta deux autres visages. Cinq panneaux, cinq portraits. Un visage dont il n'avait pas de vrai souvenir, seulement deux photographies, qui montraient un jeune homme à peine plus vieux que lui aujourd'hui, son père. Il le voyait comme s'il allait apparaître maintenant, avec de petites rides à la naissance des yeux. L'autre visage il s'en souvenait bien, il imaginait aussi le masque de sa vieillesse, celui de son « second père ». Ici, dans le cloître de la basilique, dans la nef, le Maître de l'Observance n'était plus une commodité d'expression. Il fallait à ces tableaux une main, à ces couleurs il fallait des yeux, derrière ce nom écrit dans les musées, sur ces petits cartels de plastique ou de cuivre, il y avait eu un corps, qui peut-être existait toujours, non loin d'ici, dans un tombeau. Carlo avait marché à sa rencontre.

L'or lui paraissait chaleureux, il se sentait pris dans le reflet de ce métal bruni comme le tain d'un miroir. Il avait agi en collectionneur : à la manière de Théo qui voulait passer du côté des artistes, de son ami de Lugano qui eût souhaité devenir peintre. Le temps manquait. Après la mort, il faudrait qu'on lui fournisse des pinceaux et de la couleur. Tant de moments qu'il voulait montrer. Dans sept heures exactement, le vol de Galileo Galilei pour J. F. K. : ne pas rater le train pour Pisa Aeroporto, correspondance à Empoli. Il sortit. Assis sur le muret qui fermait le couvent, il regarda la ville. D'arbre en arbre, arriva aux tours et aux clochers, aux monuments plantés dans le rocher en face. La poussière volait sur les champs. Le ciel se précipitait sur lui.

Jérôme, Marge, Blaise, Jan, Antoine, Irène, Côme et Damien, Théo. Carlo comprenait ce que chacun venait faire là. Les panneaux de la prédelle, pour les hauts saints peints sur le tableau principal, dans la basilique de l'Observance, c'étaient leurs lettres de créance, ce qui justifiait leur présence. Le faux paysage parachevé, la vieille voiture pour aller à Newport, l'ardeur d'Irène, le bien fait sur la terre, le malade guéri, la veuve consolée et l'espérance pour les veuves et les malades.

Lui aussi, Carlo, avait conquis à Prague, à Yale, à Washington, le droit de se trouver ici. Il cessa de se sentir invisible, transparent. L'anneau qu'il portait à son doigt glissa tout seul dans sa main, se tourna. Bien sûr, il n'y avait jamais dissimulé de minuscule appareil photographique. Il aurait bien aimé : devenir un espion pour rire. Il s'imaginait quelque part au milieu de ce tableau. À genoux, avec discrétion et humilité, dans un coin et en plus petit, les mains jointes et transparentes comme il convient aux donateurs. Il n'avait rien donné, si ce n'est sa peine, ses voyages. On aurait dû le représenter avec à ses pieds la maquette de l'Observance, l'église de brique, avec ses colonnes réduites, son clocheton, à la dimension d'un palais de biscuit et de chocolat, bijou précieux derrière lequel un rouleau à demi ouvert montrerait la carte de son périple. Navigateur, il pensa à son continent neuf, l'Amérique, qui aurait certainement figuré dans la partie repliée et invisible des cartes tracées au milieu du XVe siècle, le monde enroulé sur lui-même vers lequel il lui fallait maintenant retourner.

Allons bon, une crise mystique. Le sens de la vie. Voyons un peu. Carlo ricana. Son petit Jan, du haut du ciel, ne devait pas être peu fier. Un ange qui tirait les ficelles. Le bon Dieu lui avait donc pardonné son suicide.

Ces peintures lui avaient parlé, en une langue simple. Elles venaient de lui dire ce qu'il souhaitait, à cette époque de sa vie, par-dessus tout entendre : quelque chose comme « tu n'es pas seul ». C'était mieux que si on lui eût prouvé, d'un coup, l'existence de Dieu, ou l'utilité de la vie. Il avait trouvé des amis, des couleurs, des joues, des cheveux blonds, des mains, plus que son amour pour Marge, mieux que sa haine pour Irène, plus que de bêtes raisons de vivre ou d'espérer, que des causes pour lesquelles mourir, quelque chose qui n'était pas une voie à suivre, une manière de penser, encore moins une religion. Simplement, il avait ignoré jusque-là qu'il n'y avait eu dans sa vie ni bonté ni véritable amour, que tout ce qui l'entourait, sa famille, ses relations, ses collègues, les conversations qu'il tenait, les livres qu'il avait annotés autrefois, ses voyages de trois jours au Mexique ou à La Barbade, Marge elle-même et l'Amérique entière – que pourtant il croyait avoir énormément aimées l'une et l'autre, l'une avec l'autre – n'étaient que des jouets inutiles, des amusements dont il aurait pu se passer.

Une crise de solitude. Attendons la fin – toute proche. Comme pour la majorité des Américains de son âge. On terminait cela dans une secte ou chez un médecin compétent. Un amusement, la crise mystique, une distraction de plus, enfin un peu de nouveauté. Tout cela traversait sa vie mais n'en constituait pas la trame. C'étaient des ombres de passage, prêtes à s'éloigner, promptes à revenir, dont, pour la plupart, il ne garderait pas trace. Il conserverait la silhouette de ce Maître de l'Observance, ami lointain, frère d'autrefois, avec sa barbe en pointe et ses doigts fins, comme un vieux maître de peinture de la Chine ancienne, qui avait transformé les collines toscanes en petites montagnes célestes. Exprès pour lui, Carlo. Certains soirs, au Capitole, alors qu'il regardait à ses pieds Washington illuminé, les jardins, la circulation, les buildings parés pour la nuit, il lui était arrivé de se dire « à quoi bon », de pleurer. Puis, il rentrait à la maison, quelquefois passait chez Marge ; elle enfilait une robe, ils sortaient dîner, parlaient sérieusement du mur de Berlin, de l'unification du Yémen, de l'avenir de Singapour, de tout ce qui pouvait être à la mode ces années-là. Depuis, avec ce voyage solitaire et secret, durant lequel il n'avait cessé d'être poursuivi, depuis qu'il avait pris en lui tout ce qu'il avait d'abord cordialement haï chez Irène, il ne semblait pas avoir changé. Il lui arriverait encore, à son retour, de rester quelques instants à contempler les lumières de Washington avant de s'en aller. Seulement, il y aurait maintenant dans sa vie une chose certaine.

Une certitude, ce n'est déjà pas mal. Des souvenirs, qui devant le grand retable de l'Observance se mettaient en bon ordre, faisaient tableau – des images à regarder encore, sur lesquelles revenir et s'attarder un peu, que nul ne pourrait voir comme lui. Morceaux dispersés, fragments épars, reconstitués, avec piété, immense peinture, complète, dressée à nouveau comme pour célébrer un culte, déjà prête à recevoir de l'encens et des parfums.

*

À son retour, à peine débarqué de l'aéroport, Carlo constata sans surprise que Marge n'avait pas quitté Washington. Elle s'était à peine aperçu de son absence. Et le regrettait : si elle y avait prêté plus d'attention, elle aurait pu savoir s'il lui manquait ou non. Un petit test d'amour, une vérification de plus avant de parler de choses sérieuses. Si elle se mariait, c'était pour la vie entière. Un travail fou pendant cette petite semaine. Le communisme s'écroulait en Russie. On ne parlait de rien d'autre. Carlo fit celui qui savait, fut obligé de se passionner. C'était l'histoire, il ne fallait pas la perdre de vue. Les souvenirs pouvaient attendre.

Il les évoqua un temps tout en parlant de l'avenir. Tandis que Marge l'écoutait faire des projets, élaborer des modèles politiques, renverser les alliances, choisir une bague de fiançailles, il s'exerçait à laisser son esprit faire autre chose, progresser dans l'autre sens. Il revenait sur la route de Sienne, il écoutait battre les drapeaux aux fenêtres. Cela n'eut qu'un temps. Les souvenirs s'estompent, l'actualité ne lâche pas sa proie, le temps presse.

Après la mort de Jan, il en avait été ainsi. Il y avait pensé de moins en moins. Tout lui était revenu d'un coup, avec la masse de tristesse accumulée en silence durant ces années au cours desquelles il n'y avait pas pensé. L'image de Jan s'était éloignée. Il ne l'oubliait pas, il la conservait dans une pièce de sa mémoire où il n'avait plus le temps d'aller. Il se demanda si Sarah, elle aussi, l'avait oublié. Peu importe. Comme la couronne du vieux Paul. Quel petit frère de Jan, quel cousin au dernier degré devait aujourd'hui occuper sa place sur ce trône qui n'existait plus ? L'occasion de le restaurer devait bientôt se présenter. Jan l'avait échappé belle. Dans un an ou deux, son peuple l'aurait réclamé.

Marge découvrit qu'elle admirait Carlo : le talent avec lequel, sans le dire franchement, il se convainquait qu'il n'était bon à rien. Il était drôle quand il se moquait de lui, il ne se prenait pas au sérieux. Elle savait mieux que personne ce qu'il valait.

Inutile de dire que les services secrets ne demandèrent plus rien à Carlo. Irène avait fait son rapport. Il en fut presque soulagé. Que restait-il d'ailleurs à espionner sur cette planète ? Tout allait devenir bien tranquille après les quelques indispensables convulsions. On aurait la paix, comme naguère au temps de la guerre froide, quand, en apparence, il ne se passait rien. Carlo n'avait pas manqué de dire à qui voulait l'entendre qu'il revenait d'Europe. Au Département d'État, cela avait été comme s'il s'en fut revenu du front, on louait son esprit d'à-propos : choisir cette semaine pour les vacances, et aller la passer en Europe.

Il improvisa sans sourciller de doctes paradoxes sur la situation yougoslave et la nécessité de « certains choix » quant aux diplomates qu'on enverrait dans les États baltes, l'observation de la nouvelle donne géopolitique et l'observance des règles du droit international. Il parlait même avec mystère, sans tout dire mais laissant entendre beaucoup, d'un vieux baron lituanien diplomate avec qui il venait de s'entretenir à Lugano – le nom de la station des bords du lac avait le parfum d'Affaires étrangères qui s'attachait à ces noms de l'Europe exotique, Rapallo, Locarno, Valdat, Santa Margherita Ligure. Carlo triomphait. « Encore un an, estima-t-il, et j'aurai un autre bureau, avec une secrétaire de plus. »

Parmi les cadeaux de mariage de Marge et de Carlo, arriva de Budapest par la valise diplomatique, de la part d'une certaine madame ou mademoiselle Papazoglou, ou un nom dans ce genre-là, un paquet assez lourd du format d'une planche de bois. Carlo se réserva de l'ouvrir plus tard. Il pensa à ce petit livre que son ami balte lui avait transmis. Il n'était pas passé le reprendre, chez le faussaire, à Budapest. Un cadeau d'adieu laissé à Irène. La fin des années d'espion. Le commencement d'une vie nouvelle. Marge et lui avaient prévu la date de leurs noces en fonction de la semaine où fleurissent à Washington les cerisiers du Potomac – la fête mobile de la capitale du monde. On les photographia sur fond de pétales roses. Pour le voyage de noces, ils ont choisi la Chine.

Note de l'auteur

Le « Maître de l'Observance », le mystérieux artiste siennois qui se trouve au centre de ce roman, a existé – semble-t-il. On ignore tout de sa vie, jusqu'à son nom. On ne connaît pas non plus ses dates ; il a été, disent les spécialistes, « actif à Sienne dans le second quart du XVe siècle ». Ce « Maître de l'Observance », que l'histoire de l'art avait oublié, a été « inventé » par les historiens de l'art, à la suite d'une étude de Roberto Longhi parue en 1940. Il distinguait dans l'œuvre d'un autre grand Siennois, Sassetta – lui-même redécouvert par Berenson en 1903 –, un groupe de peintures plus « gothiques », plus « archaïques ». L'étude du « Maître de l'Observance » a été poursuivie en Italie par Alberto Graziani et en France par Michel Laclotte, en particulier dans un article de 1960, où il ouvre un débat, loin d'être clos aujourd'hui, sur l'identité véritable de ce peintre. Certaines de ses œuvres s'approchent de celles de Sassetta et d'autres d'un artiste plus prolifique et moins inspiré, Sano di Pietro.

L'auteur de ce roman s'est efforcé autant qu'il l'a pu de cacher à ses lecteurs l'hypothèse horrible, que les historiens de l'art eux-mêmes n'osent avancer qu'en tremblant, selon laquelle le mythique « maître de l'Observance », qui l'a tant fait rêver, ne désignerait que la période de jeunesse de Sano di Pietro, influencé par Sassetta.

En allant se faire une opinion par lui-même, le lecteur commencera son pèlerinage à Sienne. Il découvrira, un peu à l'écart de la ville et des circuits touristiques, dans la basilique de l'Observance, le tableau d'autel daté de 1436 à partir duquel le « Maître de l'Observance » a été défini par Longhi. Il s'apercevra qu'il ne s'agit en rien du tableau décrit dans ce roman. Sa prédelle n'est pas dispersée à travers le monde : elle se trouve encore à Sienne, à la Pinacothèque nationale. Espérons que cela ne l'empêchera pas d'aller voir les œuvres, bien réelles, qui ont inspiré chacun de ces chapitres : les peintures données au « Maître de l'Observance » à la National Gallery de Washington (les quatre scènes de la vie de saint Antoine), à la Yale University Art Gallery de New Haven (deux autres scènes de la vie du saint ermite cher à Flaubert) et au Metropolitan de New York (le sublime *Saint Antoine tenté par un tas d'or* et la *Madone aux deux chérubins*).

Le lecteur curieux pourra aller voir ensuite l'extraordinaire *Saint Thomas d'Aquin en prière* de Sassetta au Musée des Beaux-arts de Budapest, la *Vierge d'humilité* du Siennois Giovanni di Paolo dans la collection Thyssen (moins bien exposée à

Madrid, qu'elle ne l'était à Lugano, à l'époque où se situe l'action de ce roman), ou, à Prague, les tableaux retrouvés dans les greniers du palais royal. Parmi les autres œuvres qui ont inspiré ce roman, figurent aussi quelques tableaux de Fra Angelico, conservés au Musée du couvent de San Marco à Florence et les panneaux de l'*Histoire des saints Côme et Damien* de la Pinacothèque de Munich et du Louvre.

Aucun de ces tableaux, devant lesquels ce roman a été écrit, n'est décrit avec exactitude. La chance du romancier n'est-elle pas aussi de pouvoir inventer des œuvres d'art imaginaires, surtout si c'est pour enrichir le catalogue d'un artiste qui n'existe peut-être pas véritablement ?

Table

Chapitre 1
L'Observance 11

Chapitre 2
Les Dioscures à Washington D. C. 24

Chapitre 3
Saint Antoine à Yale University (Connecticut) 56

Chapitre 4
Saint Blaise (San Biagio) à Lugano 79

Chapitre 5
Saint Jérôme à Budapest 96

Chapitre 6
L'Enfant Jésus à Prague 118

Chapitre 7
Le Maître de l'Observance 134

Note de l'auteur 147

RÉALISATION : GRAPHIC-HAINAUT À CONDÉ-SUR-L'ESCAUT

GROUPE CPI

Achevé d'imprimer en juin 2007
par **BUSSIÈRE**
à Saint-Amand-Montrond (Cher)
N° d'édition : 83821. - N° d'impression : 70900.
Dépôt légal : juillet 2007.
Imprimé en France

Collection Points

DERNIERS TITRES PARUS

P1586. Femme en costume de bataille, *Antonio Benitez-Rojo*
P1587. Le Cavalier de l'Olympe. Le Châtiment des Dieux II
François Rachline
P1588. Le Pas de l'ourse, *Douglas Glover*
P1589. Lignes de fond, *Neil Jordan*
P1590. Monsieur Butterfly, *Howard Buten*
P1591. Parfois je ris tout seul, *Jean-Paul Dubois*
P1592. Sang impur, *Hugo Hamilton*
P1593. Le Musée de la sirène, *Cypora Petitjean-Cerf*
P1594. Histoire de la gauche caviar, *Laurent Joffrin*
P1595. Les Enfants de chœur (Little Children), *Tom Perrotta*
P1596. Les Femmes politiques, *Laure Adler*
P1597. La Preuve par le sang, *Jonathan Kellerman*
P1598. La Femme en vert, *Arnaldur Indridason*
P1599. Le Che s'est suicidé, *Petros Markaris*
P1600. Les Nouvelles Enquêtes du juge Ti, vol. 3
Le Palais des courtisanes, *Frédéric Lenormand*
P1601. Trahie, *Karin Alvtegen*
P1602. Les Requins de Trieste, *Veit Heinichen*
P1603. Pour adultes seulement, *Philip Le Roy*
P1604. Offre publique d'assassinat, *Stephen W. Frey*
P1605. L'Heure du châtiment, *Eileen Dreyer*
P1606. Aden, *Anne-Marie Garat*
P1607. Histoire secrète du Mossad, *Gordon Thomas*
P1608. La Guerre du paradis. Le Chant d'Albion I
Stephen Lawhead
P1609. La Terre des Morts. Les Enfants de l'Atlantide IV
Bernard Simonay
P1610. Thenser. Aradia II, *Tanith Lee*
P1611. Le Petit Livre des gros câlins, *Kathleen Keating*
P1612. Un soir de décembre, *Delphine de Vigan*
P1613. L'Amour foudre, *Henri Gougaud*
P1614. Chaque jour est un adieu *suivi de* Un jeune homme est passé
Alain Rémond
P1615. Clair-obscur, *Jean Cocteau*
P1616. Chihuahua, zébu et Cie.
L'étonnante histoire des noms d'animaux
Henriette Walter et Pierre Avenas
P1617. Les Chaussettes de l'archiduchesse et autres défis
de la prononciation
Julos Beaucarne et Pierre Jaskarzec

P1618. My rendez-vous with a femme fatale.
Les mots français dans les langues étrangères
Franck Resplandy
P1619. Seulement l'amour, *Philippe Ségur*
P1620. La Jeune Fille et la Mère, *Leïla Marouane*
P1621. L'Increvable Monsieur Schneck, *Colombe Schneck*
P1622. Les Douze Abbés de Challant, *Laura Mancinelli*
P1623. Un monde vacillant, *Cynthia Ozick*
P1624. Les Jouets vivants, *Jean-Yves Cendrey*
P1625. Le Livre noir de la condition des femmes
Christine Ockrent (dir.)
P1626. Comme deux frères, *Jean-François Kahn et Axel Kahn*
P1627. Equador, *Miguel Sousa Tavares*
P1628. Du côté où se lève le soleil, *Anne-Sophie Jacouty*
P1629. L'Affaire Hamilton, *Michelle De Kretser*
P1630. Une passion indienne, *Javier Moro*
P1631. La Cité des amants perdus, *Nadeem Aslam*
P1632. Rumeurs de haine, *Taslima Nasreen*
P1633. Le Chromosome de Calcutta, *Amitav Ghosh*
P1634. Show business, *Shashi Tharoor*
P1635. La Fille de l'arnaqueur, *Ed Dee*
P1636. En plein vol, *Jan Burke*
P1637. Retour à la Grande Ombre, *Hakan Nesser*
P1638. Wren. Les Descendants de Merlin I, *Irene Radford*
P1639. Petit manuel de savoir-vivre à l'usage des enseignants
Boris Seguin, Frédéric Teillard
P1640. Les Voleurs d'écritures *suivi de* Les Tireurs d'étoiles
Azouz Begag
P1641. L'Empreinte des dieux. Le Cycle de Mithra I
Rachel Tanner
P1642. Enchantement, *Orson Scott Card*
P1643. Les Fantômes d'Ombria, *Patricia A. McKillip*
P1644. La Main d'argent. Le Chant d'Albion II
Stephen Lawhead
P1645. La Quête de Nifft-le-mince, *Michael Shea*
P1646. La Forêt d'Iscambe, *Christian Charrière*
P1647. La Mort du Nécromant, *Martha Wells*
P1648. Si la gauche savait, *Michel Rocard*
P1649. Misère de la Ve République, *Bastien François*
P1650. Photographies de personnalités politiques
Raymond Depardon
P1651. Poèmes païens de Alberto Caeiro et Ricardo Reis
Fernando Pessoa
P1652. La Rose de personne, *Paul Celan*
P1653. Caisse claire, poèmes 1990-1997, *Antoine Emaz*
P1654. La Bibliothèque du géographe, *Jon Fasman*

P1655. Parloir, *Christian Giudicelli*
P1656. Poils de Cairote, *Paul Fournel*
P1657. Palimpseste, *Gore Vidal*
P1658. L'Épouse hollandaise, *Eric McCormack*
P1659. Ménage à quatre, *Manuel Vázquez Montalbán*
P1660. Milenio, *Manuel Vázquez Montalbán*
P1661. Le Meilleur de nos fils, *Donna Leon*
P1662. Adios Hemingway, *Leonardo Padura*
P1663. L'avenir c'est du passé, *Lucas Fournier*
P1664. Le Dehors et le dedans, *Nicolas Bouvier*
P1665. Partition rouge
poèmes et chants des indiens d'Amérique du Nord
Jacques Roubaud, Florence Delay
P1666. Un désir fou de danser, *Elie Wiesel*
P1667. Lenz, *Georg Büchner*
P1668. Resmiranda. Les Descendants de Merlin II, *Irene Radford*
P1669. Le Glaive de Mithra. Le Cycle de Mithra II, *Rachel Tanner*
P1670. Phénix vert.Trilogie du Latium I, *Thomas B. Swann*
P1671. Essences et parfums, *Anny Duperey*
P1672. Naissances, *Collectif*
P1673. L'Évangile une parole invincible, *Guy Gilbert*
P1674. L'époux divin, *Fransisco Goldman*
P1675. Petit dictionnaire des étymologies curieuses
Pierre Larousse
P1676. Facéties et Cocasseries du français, *Jean-Loup Chiflet*
P1677. Ça coule sous le sens, expression mêlées
Olivier Marchon
P1678. Le Retour du professeur de danse, *Henning Mankell*
P1679. Romanzo Criminale, *Giancarlo de Cataldo*
P1680. Ciel de sang, *Steve Hamilton*
P1681. Ultime Témoin, *Jilliane Hoffman*
P1682. Los Angeles, *Peter Moore Smith*
P1683. Encore une journée pourrie
ou 365 bonnes raisons de rester couché, *Pierre Enckell*
P1684. Chroniques de la haine ordinaire 2, *Pierre Desproges*
P1685. Desproges, portrait, *Marie-Ange Guillaume*
P1686. Les Amuse-Bush, *Collectif*
P1687. Mon valet et moi, *Hervé Guibert*
P1688. T'es pas mort !, *Antonio Skármeta*
P1689. En la forêt de Longue Attente.
Le roman de Charles d'Orléans, *Hella S. Haasse*
P1690. La Défense Lincoln, *Michael Connelly*
P1691. Flic à Bangkok, *Patrick Delachaux*
P1692. L'Empreinte du renard, *Moussa Konaté*
P1693. Les fleurs meurent aussi, *Lawrence Block*
P1694. L'Ultime Sacrilège, *Jérôme Bellay*

P1695. Engrenages, *Christopher Wakling*
P1696. La Sœur de Mozart, *Rita Charbonnier*
P1697. La Science du baiser, *Patrick Besson*
P1698. La Domination du monde, *Denis Robert*
P1699. Minnie, une affaire classée, *Hans Werner Kettenbach*
P1700. Dans l'ombre du Condor, *Jean-Paul Delfino*
P1701. Le Nœud sans fin. Le Chant d'Albion III, *Stephen Lawhead*
P1702. Le Feu primordial, *Martha Wells*
P1703. Le Très Corruptible Mandarin, *Qiu Xiaolong*
P1704. Dexter revient !, *Jeff Lindsay*
P1705. Vous plaisantez, monsieur Tanner, *Jean-Paul Dubois*
P1706. À Garonne, *Philippe Delerm*
P1707. Pieux mensonges, *Maile Meloy*
P1708. Chercher le vent, *Guillaume Vigneault*
P1709. Les Pierres du temps et autres poèmes, *Tahar Ben Jelloun*
P1710. René Char, *Éric Marty*
P1711. Les Dépossédés, *Robert McLiam Wilson et Donovan Wylie*
P1712. Bob Dylan à la croisée des chemins. Like a Rolling Stone
Greil Marcus
P1713. Comme une chanson dans la nuit
suivi de Je marche au bras du temps, *Alain Rémond*
P1714. Où les borgnes sont rois, *Jess Walter*
P1715. Un homme dans la poche, *Aurélie Filippetti*
P1716. Prenez soin du chien, *J.M. Erre*
P1717. La Photo, *Marie Desplechin*
P1718. À ta place, *Karine Reysset*
P1719. Je pense à toi tous les jours, *Hélèna Villovitch*
P1720. Si petites devant ta face, *Anne Brochet*
P1721. Ils s'en allaient faire des enfants ailleurs
Marie-Ange Guillaume
P1722. Le Jugement de Léa, *Laurence Tardieu*
P1723. Tibet or not Tibet, *Péma Dordjé*
P1724. La Malédiction des ancêtres, *Kirk Mitchell*
P1725. Le Tableau de l'apothicaire, *Adrian Mathews*
P1726. Out, *Natsuo Kirino*
P1727. La Faille de Kaïber. Le Cycle des Ombres I
Mathieu Gaborit
P1728. Griffin. Les Descendants de Merlin III, *Irene Radford*
P1729. Le Peuple de la mer. Le Cycle du Latium II
Thomas B. Swann
P1730. Sexe, mensonges et Hollywood, *Peter Biskind*
P1731. Qu'avez-vous fait de la révolution sexuelle ?
Marcela Iacub
P1732. Persée, prince de la lumière. Le Châtiment des dieux III
François Rachline
P1733. Bleu de Sèvres, *Jean-Paul Desprat*